Diogenes Taschenbuch 21280

Fanny Morweiser

O Rosa

Ein melancholischer Roman

Diogenes

Die Erstausgabe
erschien 1983 im Diogenes Verlag
Umschlagzeichnung
von Edward Gorey

Veröffentlicht als Diogenes Taschenbuch, 1985

60/94/8/2
ISBN 3 257 21280 1

Für Jutta, Juliane, Achim
und all die anderen

Inhalt

Alfred und sein Haus

Alfred stand am Fenster und spürte plötzlich, wie still es in der Wohnung war. Trotz Onkel und Tante, die dicht nebeneinander hinter ihm auf dem Sofa saßen und vorsichtig, um kein Geräusch zu machen, ihre Kaffeetassen hoben, um daraus zu trinken. Als wäre das nötig gewesen, jetzt, nachdem Mutter gestorben und nicht mehr hier war; nicht mal ihre Leiche war noch da. Er drehte sich abrupt um, als seine Tante leise hustete.

»Was werdet ihr jetzt machen?« fragte sie. Sie hatte rotgeränderte Augen, war auch die einzige gewesen, die auf der Beerdigung geweint hatte, bis auf Sabine vielleicht, die ein bißchen herumgeschnieft hatte.

»Wir haben Opas Rente«, sagte er, »und Sabine kriegt ihre Unterstützung.«

»Und du?« Sie sah ihn über den Rand ihrer Tasse hinweg an, und er wußte, daß sie Angst hatte, sich um einen von ihnen kümmern zu müssen oder vielleicht sogar um beide.

»Ich bin volljährig«, sagte er schroff, »ich komm schon zurecht.«

»Zurecht«, sagte sein Onkel. »Wie stellst du dir das vor. Hast gerade den Hauptschulabschluß, eine Lehre abgebrochen. Warum eigentlich?«

»Weil Brackmann ein Schwein war.«

»Ihr macht's euch leicht. Immer gleich abhauen, wenn euch was nicht paßt.« Er schnaubte durch die Nase. »Aber mir kann's egal sein. Wir müssen fahren, Else. Komm.«

Sie standen beide gleichzeitig auf, und Alfred blieb, wo er war, ans Fensterbrett gelehnt, ließ sie zu sich kommen und ihm die Hände hinstrecken.

»Also mach's gut, Junge«, sagte sein Onkel. Seine Tante schob ihm einen zusammengerollten Geldschein in die Hand, so, daß sein Onkel es nicht merkte. Er steckte ihn in die Hosentasche und nickte.

Vom Fenster aus sah er sie dann wenig später über den grasbewachsenen Vorplatz gehen, auf dem die Teppichstangen standen. Bevor sie in ihr Auto stiegen, blickten sie noch mal zu ihm hoch und winkten. Er winkte nicht zurück. Aus dem Flur kam Opas quengelige Stimme: »Kann ich ihn jetzt anmachen? Sesamstraße kommt, und du weißt, daß ich . . .«

»Ja«, sagte er. »Ja, ja.«

Er löste sich vom Fenster und ging ins Elternschlafzimmer, während Opa glücklich in die Küche zurückhoppelte, um den Fernseher einzuschalten. Schließlich hatte man heute nur seine Schwiegertochter begraben, mit der er sich sowieso nicht gut verstanden hatte. Der Tod seines Sohnes, ihres Mannes, war ihm da vor drei Monaten schon näher gegangen. Damals hatte er eine Woche mit dem Fernsehen ausgesetzt.

Alfred sah auf die zerwühlten Ehebetten und zog scharf die Luft ein. Ekelhaft der Gestank, der wohl nie mehr aus den Matratzen gehen würde. Urin und Blut, alles hatte sie einfach laufen lassen, seit Vaters Tod. Er riß das Fenster auf und warf Matratzen, Bettdecken und Kopfkissen hinunter in den Hof. Nachher würde er runtergehen und alles verbrennen, wenn nicht die Brüder Meier aus dem Erdgeschoß sich die Sachen genommen hatten. Er schlug die Betten ab und lehnte die Gestelle an die Wand. Alles mußte aus dem Zimmer verschwinden – bis auf die Bilder. Die waren scheußlich, aber sie hatten ihn von klein auf fasziniert. Auf dem einen führte ein Engel ein kleines Mädchen auf einem schmalen Grat über einen Abgrund, und als ob das nicht genügte, züngelte auch noch eine Schlange um die nackten Füße des Kindes. Auf dem anderen kniete in einer nebligen Waldlichtung ein sichtlich zu Tode erschrockener Jäger vor einem Hirsch, der ein Kreuz im Geweih trug. Beide Bilder hatten breite Goldrahmen. Er würde die Loggia grün streichen und sie dort aufhängen.

Es klingelte, und er ging an der Küche vorbei zur Flurtür. Durch das Glas erkannte er Rosa. Das war gut. Sie würden zusammensitzen, rauchen und schwätzen, und gleich würde es ihm besser gehen.

Rosa hatte Alfred im ›Ali Baba‹ kennengelernt. Das ›Ali Baba‹ war eine Disco mit guter Musik, echt harte Sachen, keine Softies zum Schmusen dazwischen, und sie ging gern hin, obwohl sie erst vierzehn war und eigentlich nicht hingedurft hätte. Rein gesetzlich; was ihre Eltern anging, die hätten sie noch mit sechzehn nicht gelassen. Aber sie sah älter aus, als sie war, und wenn Polizei kam, ließ Zero, der Besitzer, sie rechtzeitig hinten raus. Er hatte immer einen Schmiere stehen, der durchgab, wenn Gefahr im Anzug war, und die Typen, die das ›Ali‹ kontrollierten, kamen so blauäugig in voller Montur und im grünen Wagen angefahren, daß man sie schon Kilometer voraus riechen konnte.

Alfred hatte eine Frisur im Afrolook, und das gefiel Rosa. Alles, was ausgeflippt und verrückt war, gefiel ihr, alles, was normal war, haßte sie. Morgens aufstehen, in die Schule gehen, womöglich noch Aufgaben machen, die ganze Nacht schlafen, zu regelmäßigen Zeiten essen, da hatte sie keinen Bock drauf. Um Mitternacht baden, einen Tag nur Schokolade essen, bis sie kotzen mußte, Löcher in ihre Klamotten schneiden, bis sie wie Fetzen an ihr hingen – das fand sie stark.

Heute trug sie selbstgefärbte rosa Hosen unter einem dicken Männerunterhemd aus Flanell, das ihr fast bis zum Knie reichte.

»Hallo«, sagte sie, als Alfred ihr öffnete, »war gar nicht leicht, dich zu finden. Warum kommst du nicht mehr ins ›Ali‹?«

»Ich komm schon wieder«, sagte er. »Meine Mutter ist gestorben. Deshalb konnt ich nicht weg.«

Rosa sah sich ängstlich um. »Liegt sie noch hier?« flüsterte sie. Er schüttelte den Kopf. »Schon begraben«, sagte er, »heute mittag.«

Erleichtert folgte sie ihm ins Wohnzimmer. Hier hatte Alfreds Geschmack schon lange den Einfluß seiner Mutter zum Verschwinden gebracht, kein Wunder, daß Onkel und Tante vorhin sofort aufs Sofa zugesteuert waren, dem ihren Vorstellungen einzig entsprechenden Möbel im ganzen Raum. Sonst gab es nur Polster, Kissen und Decken auf dem Boden, eine niedrig hängende Japanleuchte, Poster an den Wänden, ein paar Grünpflanzen in einer Ecke.

Rosa fand das Zimmer toll. Sie setzte sich mit unterschlagenen Beinen auf den Boden und kramte in ihrer Tasche nach Tabak und Papier. Geschickt rollte sie eine Zigarette, klebte sie zu und gab sie Alfred, bevor sie sich selbst eine machte. Sie rauchten zufrieden und beobachteten, wie die letzten schrägen Sonnenstrahlen den staubigen Topfpflanzen Farbe verliehen. Von der nahegelegenen Fabrik ertönte die Sirene, die die Spätschicht ankündigte. In der Küche schlurfte Opa von seinem Fernsehsessel zum Kühlschrank, um sich ein Brot zu machen.

»Sabine ist unten«, sagte Rosa.

»Ich weiß.« Alfred pflückte sich einen Tabakkrümel von der Lippe und schnippte ihn fort. Sabine war für vieles zu gebrauchen, einkaufen, waschen, saubermachen, aber sonst war sie, seit ein Auto sie angefahren hatte, mit ihren sechsundzwanzig Jahren wie ein Kind, rannte drunten im Hof herum und spielte mit den Türkenkindern Fangen. Einen Vorteil hatte der Unfall jedenfalls gehabt, sie bekam so eine Art Rente, die sie gerade jetzt gut gebrauchen konnten.

»Meine Mutter spinnt immer mehr«, sagte Rosa. »Mein Vater ist doch jetzt unter der Woche weg, weil er ein Jahr woanders arbeitet, und da dreht die Frau durch, sag ich dir.«

»Wie?« fragte Alfred gleichmütig. Häusliche Probleme waren für ihn eine Sache, die er längst abgehakt hatte. Seine Mutter hatte mit ihrem ständigen Gemecker und Genörgel seinen Vater unter den Boden gebracht, das war seine Ansicht, aber ihre Strafe hatte sie jetzt ja weg – falls das überhaupt eine Strafe war, wer wußte das, vielleicht ging's ihr inzwischen sogar glänzend, besser als jemals zuvor.

»Sie fährt nachts überall rum und sucht mich, wenn

ich mal abhaue. Zu Nick kann ich schon nicht mehr, weil sie dort einen hysterischen Anfall gekriegt hat. Du kennst doch Nick?«

Er kannte ihn, flüchtig. Nick hatte eine Kneipe in der Stadt, in der man mal einen ganzen Abend hinter einem einzigen Bier sitzen konnte, ohne daß er gleich Krach schlug. Viel verdienen konnte er dabei nicht.

»Sie kam reingerauscht«, erzählte Rosa, »als käme sie in eine Lasterhöhle. ›Wo ist meine Tochter‹ hat sie gesagt, ›sie muß da sein, ich zieh sie an den Haaren raus, wenn ich sie erwische, ich hör doch ihre Stimme . . .‹ auf die Tour, verstehst du?«

»Und?«

»Nick hat sie erst einmal gefragt, wen sie sucht. Da hat sie's ihm gesagt und ihm gleichzeitig gesteckt, daß ich erst vierzehn bin. Jetzt will er mich nach zehn Uhr nicht mehr dahaben. Aber was ist vor zehn los? Was, frag ich dich? Hast du's gut, daß deine Mutter tot ist.«

Alfred grunzte nur. »Du kannst mit runtergehn, die Matratzen verbrennen.«

»Gut«, sagte Rosa. »Meinst du, wir können uns in dem Feuer was grillen?«

Die Mietskaserne, in der Alfred mit Opa und Sabine wohnte, war um die Jahrhundertwende für die Arbeiter der Fabrik gebaut worden. Sie war aus rotem Backstein, die Fenster hoch und schmal, die Loggien, im

Gegensatz zu den recht geräumigen Wohnungen, so klein, daß man gerade zwei Stühle hineinstellen konnte. Sie nahm sich recht seltsam aus, am Rande des Dorfes, höher als alle Häuser, die Kirche natürlich ausgenommen, und höher auch als die Fabrik selbst, die sich, in zahlreiche langgestreckte Hallen unterteilt, bis zum Neckar hinunter erstreckte.

Opa hatte in der Fabrik gearbeitet, sein Vater und seine Mutter auch, aber er würde eher ins Wasser gehen, als dort auch nur einen Fuß hineinzusetzen, um Nudeln auszuwalzen, Nudeln auszustechen, Nudeln einzupacken. Vielleicht würde man ihnen die Wohnung kündigen, jetzt, wo auch Mutter tot war, aber das war ihm egal, so egal wie sein Einberufungsbefehl, den er gestern gekriegt hatte. Er hätte verweigern können, aber schon das war ihm zuviel gewesen. Es würde sich irgendwie schon alles ergeben. Wenn er merkte, daß er sich Sorgen zu machen begann, ging er in die Wohnung im untersten Stock und kaufte Halil, dem Türken, ein bißchen Stoff ab. Der rauchte selber nicht, hatte aber immer was da. Es war wie ein Wunder, daß sie ihn bis jetzt noch nicht erwischt hatten. Schließlich waren nicht alle so dumm wie die Gemeindeschwester, die ab und zu gekommen war, um seine Mutter zu waschen, und die, als er gerade was durchgezogen hatte, geschnuppert und gesagt hatte: »Mhm . . . bei euch riecht's ja fein nach Weihrauch.« Er hatte so lachen müssen, daß er sich die Hosen naß gemacht hatte. Da war Opa schon gewitzter, der sagte zwar nichts, flitzte aber für sein Alter jedesmal verdammt schnell ins Wohnzimmer und legte die Danzerplatte auf: ›War das etwa Haschisch . . .‹ Damit wollte er zeigen, daß er's wußte, aber nichts sagte. Opa war überhaupt in Ordnung, genau wie alle anderen Leute im Haus.

Das merkte er wieder, als er mit Rosa unten im Hof das Feuer anfachte. Als erster kam einer der Brüder Meier, die sonst alles sammelten und in ihre Wohnung schleppten, was noch einigermaßen verwertbar schien – was auf die Matratzen aber offensichtlich nicht mehr zugetroffen hatte –, mit einer halben Flasche Petroleum, das er sorgfältig auf alles verteilte. Kopfkissen und Decken brannten wie Zunder, die Matratzen brauchten länger, zerfielen aber schließlich auch in kleine Teile, die glimmten oder züngelten und von den Bewohnern des Hauses – inzwischen hatten sich die meisten von ihnen eingefunden – mit Stöcken gedreht und gewendet wurden, als gelte es ein Spanferkel zu braten.

Am eifrigsten war Herbert aus dem zweiten Stock. Er war nicht verheiratet, lebte mit seiner Mutter zusammen und hatte in der Nudelfabrik eine Stelle im Lohnbüro, eine Arbeit, die ihm von den anderen Hausbewohnern halb spöttisch, halb liebevoll den Titel

Doktor eingetragen hatte. Da er als einziger im Haus eine Schreibmaschine besaß, tippte er auch für sie die Briefe, die gelegentlich anfielen, ans Gesundheitsamt, die Sozialbehörden, die Krankenkasse . . . Er war klein und blaß, ein richtiger Stubenhocker, aber jetzt kniete er mit vom Feuer rot angeleuchtetem Gesicht auf dem Boden und blies so heftig, daß ihm die Adern auf den Schläfen schwollen. Seiner Mutter fiel ein, daß sie bei der Gelegenheit gleich die Illustrierten der letzten Wochen mitverbrennen könne, sie stieß im Hausflur mit Fatima, Halils Frau, zusammen, die auf einem Tablett würzige Fleischbällchen mit einer Schüssel nach Knoblauch riechendem Quark balancierte.

So erschien es ganz logisch, daß Herberts Mutter nicht nur mit den Illustrierten unter dem einen, sondern noch mit zwei Flaschen Wein unter dem anderen Arm wieder zur Runde stieß. Meier zwei, inzwischen auch eingetroffen, reagierte sofort, und da er mit seinem Bruder ganz unten wohnte, ging er nicht erst ums Haus herum, wo sich der Vordereingang befand, sondern stieg über das Geländer der Loggia und präsentierte kurz darauf einen Kasten Bier, den sein Bruder ihm abnahm. Illichs, die im obersten Stock neben Alfred wohnten, brachten einen fast noch ganzen Kuchen, Rhabarber, dick mit Krümeln bestreut, Herberts und seiner Mutter Flurnachbarn aber, Karl Wagenbein mit Frau und vier Kindern, schossen den Vogel ab: sie schleppten eine riesige Bowle an, die gar nicht durchgezogen sein konnte, so schnell wie sie angesetzt worden war. Diesen Einwand, von Herrn Illich vorgebracht, entkräftete Frau Wagenbein sofort.

»Ich hab immer ein Extrakt im Kühlschrank«, erklärte sie, »saisongebunden. Diesmal ist es Waldmeister.« Sie hielt ihre Nase über den Topf und sog den Geruch ein.

»Wenn sie so schmeckt, wie sie riecht, kann ich nur sagen ›Prost Leute‹. Was feiern wir eigentlich? Frau Busses Beerdigung?« Sie gab Alfred das erste gefüllte Glas. »Wo ist eigentlich dein Opa, Junge?«

»Er wird schon kommen. Nach der Serie und vor dem Spielfilm. Da macht er eine halbe Stunde Pause. Nachrichten interessieren ihn nicht.«

»Da hat er recht«, meinte Frau Wagenbein abwesend. Sie hatte die Gläser nachgezählt und gemerkt, daß es zu wenig waren. Aber die Männer tranken ja doch lieber Bier.

Rosa hatte sich unter einen Fliederbusch in der Hofecke zurückgezogen, kauerte dort in der Hocke und beobachtete mißtrauisch das Treiben der anderen am Feuer.

»Alles nehmen sie einem aus der Hand«, sagte sie, als Alfred zu ihr trat, »Scheißspießer.«

Er blickte nachdenklich auf sie runter und trank einen Schluck. Die Bowle schmeckte angenehm frisch und hinterließ ein Prickeln auf der Zunge.

»Ich mag die Leute«, sagte er. Er setzte sich neben Rosa und gab ihr das Glas. »Probier mal.«

Sie schüttelte den Kopf, stellte das Glas auf den Boden und drehte zwei Zigaretten. Im Grunde konnte ihre Mutter doch zufrieden sein. Sie trank nicht, sie ging mit niemandem ins Bett, und Hasch rauchte sie nur noch ganz selten, obwohl sie fand, daß Hasch ungefährlich war, eine gute Sache, aber für sie war das natürlich auch eine Geldfrage, ein Gramm war unter fünfzehn Mark im Moment nicht zu kriegen.

Es begann zu dämmern. Das Feuer, das am Anfang scheußlich nach verbranntem Kapok und Petroleum gestunken hatte, roch jetzt gut nach dem Holz, das Wagenbeins Kinder gesammelt und daraufgeworfen hatten. Die Frauen saßen beisammen, zu den Männern hatte sich inzwischen auch Alfreds Opa gesellt. Noch waren sie nicht laut, eine gedämpfte und friedliche Stimmung lag über der Gruppe, die durch die halblauten Rufe der Kinder, die zwischen den Erwachsenen hin- und herhuschten, nur noch unterstrichen wurde. Der Flieder, unter dem sie saßen, stand in voller Blüte. Alfred riß eine Dolde ab und warf sie Rosa in den Schoß.

»Scheißmai«, murmelte sie.

Er nahm das Glas, legte den Kopf zurück und trank es aus. Als er es absetzte, kam ihm ein Rülpser hoch. Er lauschte ihm versonnen nach und schüttelte den Kopf. »O Rosa«, sagte er.

Eine Pizza, ein Hund und ein Kind

Sie ist«, sagte Sally, und hielt dabei dem Gastgeber ihr Glas hin, damit er es wieder füllte, »schlimmer als ein Vampir. Schlimmer als zwei Vampire. Schlimmer als ein Dutzend.«

»Na, na«, meinte Philipp. »Du übertreibst mal wieder.«

Er hatte es nicht gern, wenn sie über ihre Tochter herzog, und schon gar nicht, wenn sie getrunken hatte. Zugegeben, Rosa war schwierig, aber welche Vierzehnjährige war das nicht.

»Erst gibt man ihnen alles, was man hat«, fuhr Sally unbeirrt fort, »schleppt sie zum Arzt, stopft sie mit Vitaminen voll, hält Wache an ihrem Bett, wenn sie doch mal was erwischt haben, und dann, wenn sie groß und stark sind, saugen sie das von dir aus, was noch übrig ist.«

Keiner widersprach. Philipp war der endlosen Diskussionen zu müde, um sich einer neuen auszusetzen, und Beermanns, die sie eingeladen hatten, konnten sich zwar nicht vorstellen, daß ihre beiden Kleinen, die natürlich auch anstrengend, aber doch so niedlich waren, sich jemals zu Vampiren entwickeln sollten, waren sich aber bei Rosa tatsächlich nicht so sicher, ob sie nicht vielleicht doch . . . Wenn man nur ihre Haare ansah, die Kleider. Eva Beermann brach das Schweigen.

»Ich glaub das Essen ist fertig«, sagte sie, »ich werd mal schnell nachsehen.«

Sie stellte ihr Glas ab und ging in die Küche, durch deren offenstehende Tür schon die ganze Zeit der würzige Duft einer Pizza zu ihnen auf die Terrasse gedrungen war.

»Macht euch bereit«, rief Eva mit hoher singender Stimme aus der Küche. »Sie ko-ommt.«

Mit ausgestreckten Händen, die sie mit Topflappen geschützt hatte, trug sie das Blech mit der Pizza vor sich her und wurde mit den üblichen »Ahs« und »Ohs« empfangen.

»Schatz, schneidest du bitte auf«, sagte sie zu ihrem Mann, und Sally nahm dieses »Schatz« ganz so, wie es auch gemeint war, als Ohrfeige für sie, deren Familienleben nicht so harmonisch war. ›Dir werd ich noch mal was erzählen‹, dachte sie. ›Und dabei hast du vielleicht wirklich Glück. Vielleicht hast du zwei sanfte Lämmer, auch wenn sie mal vierzehn sind, denn trotz deines ewigen Gesäusels bist du stahlhart, an dir würde sich womöglich sogar Rosa die Zähne ausbeißen, einfach deswegen, weil dir nichts richtig unter die Haut geht.

Das macht unverletzbar.‹ Sie biß in die Pizza und lächelte Eva zu.

»Phantastisch«, sagte sie.

Nach dem Essen rauchten die Männer eine Zigarette, während Sally das Geschirr in die Küche tragen half. Sie stellte es in die Spüle und sah einen Augenblick ihr Gesicht in dem darüberhängenden Spiegel. Himmel, sah sie aus. Aber das war kein Wunder, seit Wochen sorgte Rosa dafür, daß sie keine Nacht mehr durchschlafen konnte. Denn Rosa hatte beschlossen, an den Nachmittagen nach der Schule zu schlafen, und nachts, wenn sie nicht unterwegs war, durch die Wohnung zu geistern. Sie machte sich in der Küche am Herd zu schaffen, ließ den Fernseher laufen und nahm gegen Mitternacht regelmäßig ein Bad. Tagsüber schloß sie dann ihre Tür ab, und alle Versuche Sallys, nun ihrerseits Rosas Schlaf zu stören, schlugen fehl. Ob sie einen Wecker vor die Tür stellte und dauernd rasseln ließ oder von außen mit dem Schrubber gegen den Rollladen schlug – Rosa reagierte nicht.

Sie ließ den Schlüssel zu Rosas Zimmer verschwinden, Rosa schlug Nägel in Tür und Türrahmen und knotete, sobald sie im Zimmer war, Schnüre darum. Sally versteckte das Antennenkabel des Fernsehers, Rosa warf auf der Suche danach in der folgenden Nacht Wäsche und Kleider aus den Schränken. Sally stellte das heiße Wasser ab, Rosa drehte an allen Hähnen und Rohren, daß es beinahe eine Katastrophe gab.

Sie war stärker, in allem war sie stärker, weil sie jung war und ihre ganze Kraft in diesen Kampf einbringen konnte, während Sally auch ohne sie ganz schön ausgelastet war. Sie nickte ihrem Spiegelbild ergeben zu und drehte sich zu Eva um. »Sei nicht böse«, sagte sie, »aber wir müssen bald gehen. Ich bin todmüde.«

»Aber es ist doch erst halb zehn. Hör nur, wie gut sich Philipp unterhält.«

Sie hörte es. Philipp unterhielt sich gut, und Philipp schlief gut. Er konnte nicht verstehen, daß sie nachts keine Ruhe fand. Aber schließlich war er auch unter der Woche nicht da.

Sie gingen auf die Terrasse zurück, und sie setzte sich neben Philipp, betrachtete, ohne aufzunehmen, was er sagte, Beermanns Geranien und überlegte, was sie falsch gemacht hatte. Sie war damals mit Rosas Geburt gerade in die antiautoritäre Welle hineingerutscht, als sie ganz neu und noch am Überschwappen war. Inzwischen waren außer ihr noch mehr Leute klüger geworden. Zahn um Zahn, Auge um Auge, das wäre von Anfang an, jedenfalls bei einem Typ wie Rosa, das Richtige gewesen. Kratzt du mich, so kratz ich dich, beißt du mich . . . Nicht dieses ewige Bewahren dieser kleinen Teufel, die alles durften, nur keine

Strenge spüren. Sie seufzte und legte ihre Hand auf Philipps Knie.

»Gehn wir?«

Abrupt unterbrochen wandte er sich ihr zu.

»Was?« fragte er.

»Ob du mit nach Hause gehst? Ich bin müde.«

»Ah . . . ja. Ja natürlich.« Er erhob sich und gab erst Eva und dann Peter Beermann die Hand. »Tut mir leid«, sagte er, »aber ihr seht ja . . .«

Jetzt war sie also wieder schuld. Sie hatte den netten Abend zum Platzen gebracht. Wo Eva sich doch solche Mühe gemacht hatte. Na ja, zum Ausgleich konnte sie sich mit Peter nach ihrem Weggehen darüber unterhalten, wieviel besser ihr Familienleben funktionierte. Wie sie diese Moralapostel haßte. Diese Typen, die alles im Griff hatten, alles besser wußten, bei denen so was nie so laufen würde wie bei ihnen. Und das Gemeinste war, daß Rosa ihnen diese Leute als Vorbild hinhielt, die Beermanns und andere, wo alles geordnet war, der Vater oben, dann die Mutter, dann die Kinder. Das geht, und das geht nicht. Keine Diskussionen.

»Geh doch zu ihnen«, schrie Sally jedesmal, wenn Rosa damit anfing. »Sieh zu, ob sie dich aus jedem Mist rausholen wie wir. Ich zahl noch was drauf, wenn sie dich nehmen.« Und Rosa machte dann »Phh« und tippte sich mit dem Finger an die Stirn.

Die Nacht war lau und schön, aber sie hängte sich nicht wie sonst bei Philipp ein. Die Hände tief in die Rocktaschen gesteckt, lief sie neben ihm und stieß ab und zu einen Stein vor sich her. Es war zwei Tage nach Vollmond und ziemlich hell, eine der Nächte, in denen sie früher einen Umweg gemacht hatten, um ein Stück am Wald entlangzugehen, der im Mondlicht wie versilbert aussah. Aber all das ging irgendwie nicht mehr.

Am nächsten Morgen, der ein Montag war, brachte sie Philipp zur Bahn. Beide gaben sich ziemlich kühl beim Abschied, und sie wußte, daß er erst wieder heute abend, bei seinem täglichen Anruf herzlich und so sein würde, wie er es zu Hause schon lange nicht mehr war. Und so kam es dann auch. Ihr Tag war normal verlaufen, denn sie empfand es nun schon fast als normal, daß Rosa sich nach der Schule in ihrem Zimmer verbarrikadierte, um zu schlafen, und so redeten sie eine Weile miteinander, als wäre alles wie früher. Trotzdem fühlte sie sich unbehaglich, als sie den Hörer aufgelegt hatte, als würde dieses Verdrängen ihr erst wieder richtig bewußt machen, daß eben doch nichts mehr wie früher war. Heute nachmittag, als sie in der Stadt zum Einkaufen gewesen war und all die Mädchen in Rosas Alter gesehen hatte, zum Teil auch verrückt angezogen, mit irren Frisuren, aber immerhin angezogen und unterwegs, war ihr der Gedanke an die bei dieser Hitze in ihrem stickigen Zimmer schlafende Rosa immer wieder aufgestoßen wie ein unguter Geschmack. Konnte sie denn verdammt noch mal nicht wenigstens annähernd so wie die anderen sein.

Sie ging in die Küche, um für sich und Sarah, Rosas jüngere und bis jetzt noch unproblematische Schwester, ein paar Brote zu richten. Der Blutahorn vor dem Fenster, der immer erst spät seine Blätter bekam, hatte an diesem warmen Tag seine Knospen geöffnet und ließ ahnen, wieviel Schatten er in ein paar Tagen spenden würde. Unglücklich dürfte man eigentlich nur im Herbst und im Winter sein, nicht in einer Zeit wie dieser, dachte sie und beschloß, mit dem Hund wegzugehen. Sie legte Sarah, die irgendwo spielen war, einen Zettel hin.

Den Hund hatte sie erst seit acht Tagen. Es war beim Mittagessen gewesen, als sie Sarah ganz impulsiv fragte:

»Gehst du mit?«

»Wohin?«

»Ins Tierasyl. Einen Hund holen.«

»Einen Hund?«

»Irgendeinen. Um nicht mehr so allein zu sein.«

»Aber du hast doch mich. Und Rosa.«

»Und Philipp. Aber der kommt nur am Wochenende.«

»Klar geh ich mit«, sagte Sarah, aber dann überlegte

sie es sich doch wieder anders und ging nach draußen spielen.

So fuhr Sally allein in das Dorf, in dem das Asyl untergebracht war, und fragte sich durch. Man wies ihr den Weg, und sie fand, in einem abgelegenen Haus, in Käfige eingesperrt, Hunde und Katzen aller Größen und Farben.

Ein alter Mann im schmutzigen Overall ging mit ihr von Käfig zu Käfig und beobachtete sie mürrisch, erwartete offensichtlich, daß sie irgendeinen der kleineren Hunde süß und niedlich fand, wies sie erst gar nicht auf den häßlichen struppigen Köter hin, der mit zitternden Flanken in einer Ecke kauerte. »Den nehm ich«, sagte sie.

Der Alte sah sie mißtrauisch an. »Den da, wirklich?« fragte er spöttisch. Aber dann öffnete er doch den Käfig, ging in die Knie, klopfte mit den flachen Händen gegen seine Hosenbeine und schnalzte mit der Zunge.

»Komm«, sagte er, »komm, alter Junge. Sieht aus, als bekämst du wieder ein Zuhause.«

Der Hund kam ihm langsam mit eingekniffenem Schwanz entgegen. Er faßte ihn am Kopf und hielt ihn fest.

»Streicheln Sie ihn mal«, sagte er. Sally hatte keine Angst. Sie streckte die Hand aus, strich über die borstigen Haare und fühlte sich seltsam getröstet, als könne das verwahrloste Tier ihr die Kraft zurückgeben, die Rosa ihr genommen hatte. Der Hund hielt still. Kein Knurren kam aus seiner angespannten Kehle, und der alte Mann schüttelte verwundert den Kopf.

»Was kostet er?« fragte Sally.

»Nichts«, sagte er, »wir sind froh, daß wir ihn los sind.«

Aber seine Hände, mit denen er noch immer den Kopf des Hundes umfaßt hielt, straften seine Worte Lügen.

»Ist er zugelaufen?« fragte Sally. Er nickte. Sie gab ihm eine Spende für das Tierheim und führte den Hund an dem Strick, den er ihr gegeben hatte, fort.

»Was kann ich noch gegen Rosas Freunde sagen«, erklärte sie dem Tier auf dem Heimweg, »wenn ich sowas wie dich mitbringe.«

Und da war er nun. Nicht mehr so mager, aber immer noch struppig trotz allen Bürstens, stand er neben ihr und blickte sie erwartungsvoll an. Sie legte ihm die Leine um und verließ das Haus. In den Gärten saßen die Leute und grillten, sie kam an den Tennisplätzen vorbei, wo die schönen weißgekleideten Menschen, die sie gleichzeitig beneidete und verabscheute, sich über den roten Sand bewegten oder auf der Terrasse des Klubhauses saßen und etwas tranken. Einige nickten ihr zu, und sie nickte zurück, wohl wissend, daß der

Gruß eigentlich Philipp galt, der Mitglied und ein begeisterter Spieler war.

Sie wohnten im Randgebiet der Stadt, die, obwohl sie Neustadt hieß, ihre Gründung bis ins achte Jahrhundert zurückdatieren konnte. Sie lag auf einem bewaldeten Hügel oberhalb des Neckars, und so hatte Sally es nicht weit zum Wald, der sie, in wenigen Tagen grün geworden, schützend aufnahm und wie immer mit seinem Zauber einfing: Licht- und Schattenflecken auf den Wegen, weicher, unter jedem Schritt nachgebender Boden, Vogelgezwitscher. Sie trat auf eine Lichtung und konnte durch die Bäume unten in der Neckarschleife Wiesenbach liegen sehen, das Dorf, das sich mit roten Dächern um die Kirche drängte, und weiter weg die Nudelfabrik, häßlich mit den barackenähnlichen Hallen und dem alten Wohnblock daneben.

Sally kannte eine Abkürzung, die hinunterführte, steil war der Weg und mit Felsen durchsetzt, Ginster blühte an seinen Seiten, bald würden sich hier Schlangen und Eidechsen sonnen.

Das Dorf hier unten am Fluß, abseits der großen Straße, die die Neckarschleife abschnitt und oben an der Stadt vorbeiführte, schien hinter der Zeit stehengeblieben zu sein. Natürlich arbeiteten die meisten der Einwohner in der Stadt oder in der Fabrik, aber es gab noch ein paar Bauern, die das Land längs des Neckars bestellten und im Sommer Kühe auf die Wiesen trieben. Die Leute hatten nicht viel Geld, und so waren die Häuser klein geblieben, mit Gärten, in denen Salat und Gemüse gepflanzt wurde, umrahmt von Blumen.

Sally mochte das Dorf, sie hörte gern die Kirchturmuhr schlagen, deren Klang bei günstigem Wind auch oben zu hören war. Genauso war es mit dem Tuten der Schiffe und dem schrillen Pfiff, den die Lokomotiven der langen Güterzüge ausstießen, bevor sie in den Tunnel eintauchten, der den Berg, auf dem die Stadt lag, durchschnitt.

Manchmal hörte man alles und manchmal gar nichts, und im Winter legte sich zuweilen soviel Nebel über den Fluß, daß er das Dorf versteckte, von dem man dann nur noch den Kirchturm sah – als wäre es versunken.

Es gab eine winzige Wirtschaft, neben der Kirche, ›Die weiße Rose‹, in die Sally und Philipp früher oft gegangen waren, aber seit das Kind der Wirtsleute beim Spielen auf den Gleisen vor dem Tunneleingang von dem herausrasenden Zug erfaßt und getötet worden war, lag ein Schatten über dem Haus, den jeder spürte, der es betrat. So blieben die Gäste allmählich weg, und dem Wirt schien es recht zu sein. Als Sally jetzt die Dorfstraße herunterkam, sah sie ihn in seinem Garten arbeiten. Er war noch jung, das schwarze Haar hing ihm ins Gesicht, machte es noch düsterer, als es ohnehin schon war, mit seinen zusammengezogenen dichten Augenbrauen und dem rechts und links der Nase melancholisch herabhängenden Schnurrbart. Er sah aus wie ein Türke oder Grieche, fand Sally, sein kleines Mädchen aber war ganz weiß und rosa gewesen, mehr der Mutter ähnlich, die aber nach seinem Tod alle Frische verloren hatte und welk und gelb geworden war.

In einem plötzlichen Entschluß öffnete Sally die Pforte und trat in den Garten. Unter einer großen Kastanie standen ein Tisch und Stühle. Sie setzte sich, legte die Hände auf den Tisch und wartete. Der Hund legte sich lang ausgestreckt neben sie auf den Boden.

Der Wirt erhob sich aus dem Beet, in das er in säuberlich gezogene Reihen Samenkörner gesteckt hatte. Er klopfte sich die Erde von den Knien und kam langsam näher.

»Einen Rotwein, bitte«, sagte Sally.

Wortlos wandte er sich ab und verschwand im Haus. Sie hörte ihn durch das offenstehende Küchenfenster rumoren, er brauchte lange, bis er wieder erschien, aber dann trug er auf einem Tablett zwei Gläser und eine Flasche. Er hatte seine Hände gewaschen und das Hemd gewechselt, die vorher nackten Füße steckten jetzt in Sandalen.

»Darf ich?« fragte er, setzte sich zu ihr an den Tisch und schenkte ein. Aus seiner Hosentasche holte er einen Umschlag und zog eine Fotografie heraus, die er Sally hinlegte. Es war eine Aufnahme, die kurz vor dem Tod des kleinen Mädchens gemacht worden sein mußte, denn Sally erinnerte sich an das mit Rüschen besetzte Kleid, das das Kind im letzten Sommer, als sie noch oft hier gewesen waren, an den Sonntagen angehabt hatte. »Sehr schön«, sagte sie leise, unsicher, was er von ihr erwartete.

»Im September ist es ein Jahr«, sagte er. Sie nickte.

»Und darum möchte ich ...«, er stockte und sah zum Haus hinüber, »nun, ich würde ihr gerne, meiner Frau, meine ich, ein Bild schenken. Ein gemaltes.«

Nun war es heraus. Natürlich hatte er, wie die meisten hier, mitbekommen, daß sie malte. Schließlich war sie oft genug mit ihrem Block am Waldrand oder unten am Neckar gesessen, und den Leuten, die vorübergingen, hatten ihre Bilder gefallen, weil man erkennen konnte, was sie darstellten. Sie nahm das Foto und hielt es so, daß Licht darauffiel. Das kleine Mädchen sah sie altklug und erwachsen an, als habe es geahnt, daß alles bald zu Ende sein würde. Im Hintergrund war die Kastanie zu erkennen, unter der sie saßen.

»Ich mache es«, sagte sie.

Er lächelte und legte seine Hand über die ihre. »Danke«, sagte er. Sie trank ein Glas Wein, und dann noch eins, weil er nachschenkte und sie ihn nicht beleidigen wollte.

Auf dem Rückweg nahm sie sich vor, netter zu Rosa zu sein. »Sie lebt«, erklärte sie dem Hund mit nicht mehr ganz sicherer Stimme, »was auch immer sie tut, sie lebt. Und das ist immerhin etwas.«

Zwei Stunden später versuchte sie, mit dem Hammer Rosas Tür einzuschlagen. Hätte sie auch Rosa erschlagen, wenn sie die Tür aufbekommen hätte? Sicher nicht. Trotzdem graute ihr im nachhinein vor dem hysterischen Weib, in das sie sich in Sekundenschnelle verwandelt hatte. Dabei hatte Rosa nur ihr übliches Abendprogramm laufen lassen, Kassettenrekorder und Radio brüllten gleichzeitig, und auf Sallys Klopfen und Rufen reagierte sie einfach nicht. Wenn sie wenigstens zurückgeschrien hätte. Aber diese stumme Verachtung machte Sally rasend.

Sie riß den Hammer aus der Küchenschublade und schlug ihn gegen die Tür, wieder und wieder. Die erste Holzschicht splitterte, und die weichere Füllmasse spritzte auf den Gang. Sarahs weißes Gesicht erschien um die Ecke zu ihrem Zimmer, verschwand aber sofort wieder.

Sally ließ den Hammer fallen, hockte sich auf den Boden und begann zu weinen. Die Musik hinter Rosas Tür verstummte. Sally schluchzte noch lauter.

»Streng dich nicht so an«, sagte Rosa hinter der Tür. »Ich hör dich auch so.«

»Rosa«, rief Sally, »hör doch einmal zu. Wir müssen miteinander reden. Ich halt das nicht mehr aus.«

»Ha ha.«

»Rosa, ich lieb dich doch«, sagte Sally.

»Du hast mich nie geliebt. Nie!« schrie Rosa. Auch ihrer Stimme war jetzt anzuhören, daß sie am Heulen war. »Du verlogenes falsches Stück. Ich war dir immer zuviel. Du bist ja froh, wenn du rumrennen kannst und leiden und allen Leuten erzählen, daß ich dich fertigmache.«

Da war was dran. Sally stand auf und putzte sich die Nase. Sie räumte den Hammer weg und sammelte die Splitter ein. Morgen würde sie versuchen, die Tür zu reparieren.

Das gleiche kann nicht jeden glücklich machen

Im Schatten der Paläste bleich geworden«, zitierte Herbert. Er saß auf einem der Polster in Alfreds Wohnzimmer und hielt das Buch hoch, in dem er den Satz gefunden hatte. Herbert sammelte Sätze, nicht einfach irgendwelche, nur solche, die ihn sozusagen aus einem Buch ansprangen und fast umwarfen. Die trug er dann ein, zwei Wochen mit sich herum und gab sie jedem zu hören, der ihm über den Weg lief.

Die Augen von Buddys Freundin aus Truman Capotes Weihnachtserzählung, die »sherryfarben und scheu« waren, gehörten ebenso dazu wie die Antwort des Anwalts aus Melvilles *Bartleby* auf die Frage eines Mannes, ob der tote Bartleby schlafe. »Mit Königen und Würdenträgern« hatte der Anwalt geantwortet und Herbert damit so erledigt, daß er fast nicht weiterlesen konnte.

»Sehr schön«, sagte Alfred. Meistens verstand er den tieferen Sinn von Herberts Sätzen nicht – falls überhaupt einer dahinter war. Einmal hatten sie sogar zu streiten begonnen. Es ging um den Schatten irgendwelcher Rockschöße in der Geschichte eines Mannes, der Chesterton hieß. So wie Alfred die Sache verstanden hatte, war da jemand umgebracht worden, der einen altmodischen Rock anhatte. Und jemand anderes fühlte sich gerade wegen dieses Rockes – der auf einen Träger schließen ließ, der hilflos, gutgläubig und eben in allem, nicht nur in seiner Bekleidung, nicht ganz auf dem laufenden war – von dem Mord besonders angerührt. Soweit konnte er folgen. Aber daß die Rockschöße allein nicht genügten, daß es ihr Schatten sein mußte, der den Mann so rührte, das ging über Alfreds Hutschnur.

»Aber versteh doch«, hatte Herbert gesagt, »das ist es ja gerade. Du und die meisten anderen sagen irgendwas, meistens zuviel. Er aber macht die Andeutung einer Andeutung und sagt damit doch alles. Das ist Poesie.«

Nach diesem Gespräch hatte sich Alfred vorgenommen, nie mehr mit Herbert über einen seiner Sätze zu diskutieren. Schließlich konnte das gleiche nicht jeden glücklich machen.

»Weißt du, Herbert«, sagte er, »eigentlich bist du ausgeflippter als ich. Und doch könntest du manche Sachen besser. Wie das mit dem Bund.«

»Bist du hin?« fragte Herbert interessiert.

»Vorgestern«, sagte Alfred. »Sie hatten mir doch die Fahrkarte geschickt, bis Heidelberg. Und von dort sollte es dann mit dem Bus weitergehn.«

»Ja und? Fuhr der Bus nicht?«

»Doch. Der Bus war da. Ich kam von oben über die Brücke und konnte ihn sehen. Und all die Typen. Zum Teil mit Bräuten und Mami und Papi. Und alle schwer auf forsch und wir werden das Kind schon schaukeln. Am liebsten hätt ich auf sie runtergekotzt.«

»Hast du?«

»Ach was. Ich hab meinen Koffer in ein Schließfach und bin in Heidelberg rumgelaufen. Und abends als Anhalter wieder zurück.«

»Und jetzt?«

»Wart ich ab.«

»Wartet er ab«, sagte Herbert ehrfurchtsvoll. Das waren eben die, die man die angstfreie Generation nannte. Er wäre schon hingegangen, aber ihn hatten sie seinerzeit nicht genommen, weil er auf einem Ohr so gut wie taub war. Er lehnte sich zurück und las weiter, war sofort wieder in der Geschichte drin und für die nächste Zeit wohl unansprechbar.

Alfred fuhr sich durch seine wuscheligen Haare und stand auf. Sein zu kurzes T-Shirt war hochgerutscht und gab ein Stück des nackten Bauches frei. Seine Haut war von einem fast krankhaften Weiß. Er betrachtete sich im Spiegel und mußte plötzlich grinsen. »Im Schatten der Paläste bleich geworden.« Schöner Palast hier. Wenn Sabine nicht ihren Putzfimmel gehabt hätte, der sie ab und zu überkam, hätte man in dem

Dreck schon Radieschen säen können. Er gähnte und hob die Arme über den Kopf und blieb so, mit offenem Mund und erhobenen Armen stehen, als es draußen heftig gegen die Flurtür klopfte.

»Hau ab«, zischte Halil, als er geöffnet hatte. »Die Feldjäger kommen. Fatima ist den ganzen Weg gerannt. Sie haben drüben im Co-op nach der Wohnung gefragt. Der Fettarsch dort hat's ihnen genau erklärt.«

Manchmal war Halils Deutsch bildhafter als das seiner einheimischen Kollegen in der Fabrik.

Alfred rannte in sein Zimmer, raffte ein paar Sachen zusammen, kickte ein paar andere mit einem Stoß unters Bett und kam wieder hinaus in den Gang.

»Sag Opa Bescheid«, sagte er, »ich bin vorläufig in der Hütte.« Die Hütte war ein kleines Blockhaus im Wald, nach einer Seite offen, jedermann zugänglich, als Unterstand für Waldarbeiter und Spaziergänger gedacht, aber weil abgelegen, wenig genutzt. »Gut«, sagte Halil. »Ich komm heut abend und erzähl. Aber jetzt mach schnell.«

Alfred nickte und beugte sich über das Treppengeländer. Unten hörte man ein Auto vorfahren und Türen schlagen. Er benutzte den uralten Trick, stieg im Treppenhaus ein Stockwerk höher und wartete, bis sie mit ihren Stiefeln die Stufen heraufgepoltert und an dem höflichen Halil vorbei, der ihnen auf ihr Läuten geöffnet und hinter ihnen wieder die Tür geschlossen hatte, in der Wohnung waren, dann flitzte er hinunter und über die Wiesen zum Wald.

Rosa kam zum Haus, als die Feldjäger gerade weggefahren waren. Unten vor der Tür stand eine aufgeregte Gruppe, deren Mittelpunkt Halil war. Sogar Opa war aus seinem Fernsehsessel aufgestanden und die Treppe mit hinuntergegangen, um zu sehen, ob sie auch tatsächlich fortfuhren, oder vielleicht doch vor dem Haus Posten bezogen, rechts und links der Tür, mit aufgepflanzten Bajonetten. Das hätte ihm gefallen. Enttäuscht sah er der Staubwolke nach, die der Jeep aufgewirbelt hatte. Von Arrest hatten die Burschen erzählt, von Fahnenflucht und Mittäterschaft, falls er wisse, wo Alfred stecke, und nichts sage. Opa kicherte. Wenn sie ihn vor Gericht brachten, würde er ihnen dort durch die Hosen auf den Boden pissen, so wahr er hier stand. Und dann würde er sagen, daß sie ihnen mit Alfred den letzten wegnähmen, der sich noch um ihn und Sabine gekümmert hatte. Und in gewisser Weise stimmte das sogar. Alfred war, durch ein grobes Raster gesehen, doch noch das normalste Mitglied der Familie, er teilte das Geld ein, bezahlte Miete, Strom und so Sachen und hielt Kontakt zu den Mitbewohnern. Das war wichtig, wie sich jetzt wieder gezeigt hatte. Opa selbst saß zwar lieber vor dem Fernseher, fragte aber Alfred doch ganz gerne nach dem neuesten Klatsch aus.

Rosa stellte sich neben Opa und hörte Halil zu.

»Wo ist er?« fragte sie, als Halil eine Pause machte.

»Das kann ich nicht sagen«, erklärte Halil, »geheim.«

»Aber ich würde doch nie . . .«

»Lassen Sie, Kindchen«, sagte Herberts Mutter und nahm sie am Arm. »Kommen Sie mit hoch, ich mach uns ne gute Tasse Kaffee.« Auf der Treppe flüsterte sie: »Herbert war bei Alfred, als er sich verkrümelte. Er weiß sicher, wo er steckt.«

»Mhm. Danke«, sagte Rosa.

Herberts und seiner Mutter Wohnung war das, was man protzig nennt. Seine Mutter war Herrschaftsköchin gewesen und hatte versucht, den ganzen Prunk und Talmi, den sie im Verlauf ihrer verschiedenen Stellungen zu Gesicht bekommen hatte, in dieser Wohnung im zweiten Stock einer Mietskaserne wiederaufleben zu lassen. Was sich zum Streichen anbot, war mit Goldbronze gestrichen, auf einem Tisch lag eine Brokatdecke, an den Wänden hingen neben Barockengeln Nachdrucke alter Stiche. Und zwischen all dem Plunder saß Herbert, der inzwischen wieder das Stockwerk gewechselt hatte, in einem Sessel und las. Er war nicht von seiner Umgebung abhängig, um sich wohl zu fühlen. Hätte seine Mutter einen Klosterzellentick gehabt, wäre er genauso zufrieden gewesen.

»Weißt du, wo Alfred sich versteckt?« fragte seine Mutter. Er ließ das Buch sinken und blickte hoch. Da er quer im Sessel saß, die Beine über einer Lehne, mußte er den Kopf drehen, um Rosa hinter ihr erkennen zu können.

»Bist du Alfreds Freundin?« fragte er. Seine Augen waren rotgerändert vom vielen Lesen.

»Ich gehe nicht mit ihm, wenn Sie das meinen«, sagte Rosa.

»Aber du bist seine Freundin?«

Sie nickte.

»Setz dich doch«, sagte er. »Wie heißt du?«

»Rosa.«

»Ich bin Herbert.«

Er wartete, bis er seine Mutter, die hinausgegangen war, mit den Tassen klappern hörte, dann beugte er sich vor und flüsterte: »In der Schutzhütte.«

»Auf der Brunnenwiese?«

»Genau.«

»Irgendwie spinnt er«, sagte Rosa, »er kann doch nicht immer dortbleiben.«

»Da hast du recht. Weglaufen war noch nie eine Lösung.«

Herberts Mutter kam mit dem Kaffee und einem Teller mit Keksen aus der Küche.

»Wußte er's?« fragte sie.

»Ja«, sagte Rosa zögernd, aber Herberts Mutter fragte nicht weiter, stellte Untertassen und Tassen auf den Tisch und schenkte ein.

»Milch, Zucker?«

»Schwarz«, sagte Rosa.

Sie tranken schweigend, Herbert immer noch quer in seinem Sessel liegend, das Buch auf dem Schoß.

»Also, tschüs«, sagte Rosa, als ihre Tasse leer war, »und vielen Dank.« Sie konnte manchmal richtig höflich sein.

»Bitte«, sagte Herbert. »Und grüß ihn von mir.«

Putzfrau und Ärztin

Es war drei Tage lang irrsinnig heiß gewesen. Und dann hatte am Spätnachmittag des dritten Tages, nach einem Gewitter, ein Landregen eingesetzt, der fast eine Stunde dauerte. Danach lag ein weißer Nebel über dem Wald. Sally nahm den Hund und lief los. Das Gras war feucht, die Wege dampften, die Luft, gesättigt vom Regen, legte sich wie ein Schleier über ihr Gesicht, von den Bäumen tropfte noch Wasser.

Oberhalb der Brunnenwiese kam ihr eine Frau entgegen, die sie vom Sehen kannte.

»Ich glaub, in der Hütte liegt ein Toter«, sagte die Frau, noch ganz außer Atem.

»Ich rief ›Hallo‹, aber er bewegte sich nicht.«

»Ich schau mal nach«, sagte Sally.

Nach einer kurzen Biegung lag die Brunnenwiese vor ihr. Das Gras war schon einmal gemäht worden, inzwischen aber wieder ziemlich gewachsen. In der Mitte der Wiese folgte eine Reihe Pappeln dem sanftgeschwungenen Lauf eines Baches. Die Hütte lag auf der anderen Seite am Waldrand. Sie lief so, daß sie sich ihr nicht von vorn, sondern von der Seite näherte, aber obwohl sie so wenig Geräusch wie möglich zu machen versuchte, mußte der Schläfer sie gehört haben. Er setzte sich auf, schlüpfte in seine Stiefel und zog die Reißverschlüsse daran hoch. Verlegen streichelte Sally den Hund, als er herauskam und an ihr vorbei über die Wiese zum Wald ging. Sie sah ihm nach. Er war groß, und er schwankte ein bißchen, seine Haare reichten ihm bis zur Schulter, und er trug einen dieser billigen Sommerparkas, die man inzwischen vor jedem Shop hängen sah. Der Nebelschleier reichte ihm bis zu den Hüften, als er im Wald verschwand. Irgend etwas schnürte ihr den Hals zusammen. In seiner Kleidung erinnerte er sie an Rosa, auch die Haltung war irgendwie typisch, der leicht schlurfende Gang, die nach vorn gebeugten Schultern, und plötzlich sah sie Rosa vor sich, von zu Hause abgehauen, irgendwo untergekrochen, ohne Essen, ohne Bett.

Sie ging hinter dem Jungen her, über die Wiese, sah ihn auf dem Waldweg wieder, verlor ihn bei der nächsten Biegung aus den Augen. Etwas trieb sie zu rennen, ihn einzuholen, zu fragen, ob er Hilfe brauche, etwas anderes wieder hielt sie zurück. Vielleicht fehlte ihm gar nichts, vielleicht hielt er sie für neugierig und überspannt, wenn sie ihn ansprach.

Als sie merkte, daß der Abstand zwischen ihnen immer größer wurde, drehte sie um und ging zur Hütte zurück. Sie fand einen Schlafsack darin und einen olivgrünen Brotbeutel, in dem zusammengeknäult ein indisches Seidentuch lag. Sie setzte sich auf die Holzbank, auf der der Schlafsack lag, und hielt das Tuch an ihr Gesicht. Es war weich, und es roch irgendwie süßlich, nicht unangenehm, so hatte es in Heidelberg noch vor wenigen Jahren in der Unteren Straße gerochen, bevor sie gesäubert worden war. Damals war es noch relativ ungefährlich gewesen, in der Öffentlichkeit Hasch zu rauchen, und wer diese Straße ein paarmal hinauf- und hinuntergelaufen war, hatte von den auf den Treppenstufen und Simsen vor den Häusern Sitzenden soviel süßen Rauch mitbekommen, daß er sich selbst ganz high fühlen konnte.

Sie steckte das Tuch zurück, als sie Schritte hörte. War er so schnell zurückgekommen, war vielleicht die Frau . . .? Aber es war Rosa. Sie trug eine Plastiktüte und war mindestens so erschrocken wie ihre Mutter.

»Was . . . was machst du da?« stotterte sie.

»Dasselbe kann ich dich fragen.«

»Ich geh spazieren«, sagte Rosa lässig. Sie hatte sich inzwischen wieder gefangen und wollte wie beiläufig abdrehen. Sally riß ihr die Tüte aus der Hand. Sie fiel zu Boden, und heraus rollten zwei Äpfel, ein paar in Folie verpackte Brote und einige von Rosas selbstgedrehten Zigaretten.

»Blöde Kuh«, sagte Rosa. Sie sammelte die Sachen vom Boden auf und legte sie auf die Bank neben den

Schlafsack. Dann setzte sie sich daneben und kreuzte die Arme.

»Kennst du ihn?« fragte Sally und merkte selbst, wie blöd ihre Frage war. Hätte Rosa ihm sonst was zu essen gebracht?

»Ich meine . . . ist er von zu Hause abgehauen?«

Rosa schwieg.

»Vielleicht machen sich seine Eltern Sorgen.«

»Er hat keine mehr.«

Sie nahm die Hundeleine und zog den Hund näher zu sich her. Er schmiegte sich an ihr Bein und jaulte leise.

»Karmann will dich sprechen«, sagte Rosa plötzlich.

Karmann war Rosas Klassenlehrer auf dem Gymnasium. Sally schluckte. Daß er sie sprechen wollte, jetzt, so kurz vor den Sommerferien, konnte nur eines bedeuten.

»Du wirst nicht versetzt?«

»Nicht nur das.«

»Was denn noch um Himmels willen?«

»Sie hätten gerne, daß ich die Schule wechsle.«

»Du wirst also gefeuert.«

»Sie sagen, ich betreibe Leistungsverweigerung, und das lassen sie sich nicht mehr bieten.«

»Und genau das tust du ja auch«, sagte Sally bitter. Seit Monaten machte Rosa keine Hausaufgaben mehr, brachte nur noch Fünfer und Sechsen heim, hatte statt einer Schultasche einen buntbestickten Beutel voll Papierfetzen und Tabakkrümel. Konnte sie es da den Lehrern verübeln, daß sie die Nase von ihr voll hatten? Und trotzdem hätte sie sich gewünscht, daß die Lehrer durchgehalten hätten, so wie sie durchhalten mußte. Schließlich war Rosa in einer Krise, das sah ein Blinder, in einem Jahr würde sie vielleicht schon wieder normal sein, aber dann waren fürs erste ihre Chancen vertan.

»Also zurück auf die Hauptschule«, sagte sie. Was hätte es für einen Sinn gehabt, Rosa auf die Realschule oder ein anderes Gymnasium zu schicken. Und ein gutes Internat konnten sie sich nicht leisten. Vielleicht waren die Lehrer an der Hauptschule noch am menschlichsten. Und nach dem Hauptschulabschluß war Rosa wieder ein Jahr älter und vielleicht bereit, die mittlere Reife auf einer anderen weiterführenden Schule zu machen. Sie hob die Schultern und ließ sie wieder fallen. Und dabei hatte Karmann bei einem der letzten Elternabende gesagt, daß Rosa mit die Intelligenteste in seiner Klasse sei, aber . . . ›Vielleicht hätte sie's leichter gehabt, wenn sie dümmer wäre‹, dachte Sally, ›Heino statt Ambros, Enid Blyton statt Wallraff. Erst wollen sie sie zu kritischen Persönlichkeiten erziehen, und dann lassen sie sie's büßen, wenn sie nicht kuschen. Erst erklären sie ihnen, was das für eine miese Sache mit dem Leistungsdruck ist, und dann radieren sie die aus, die keine Leistung bringen. Es lebe das Mittelmaß.‹

Aber davon sagte sie zu Rosa natürlich nichts, sondern sie sagte, was sie schon oft gesagt hatte:

»Dann gehst du eben später in die Fabrik ans Fließband oder putzt auf dem Bahnhof das Klo.«

Und Rosa antwortete, was sie immer antwortete:

»Lieber eine glückliche Putzfrau als eine unglückliche Ärztin.« Und Sally, obwohl sie der Ansicht war, daß es mehr unzufriedene Putzfrauen als unzufriedene Ärztinnen gab, seufzte nur und ging mit dem Hund hinaus auf die Wiese.

Das Gespenst auf den Gleisen

Auf dem Rückweg kam Sally am Bolzplatz vorbei. Er lag mitten im Wald, immer schattig, auch wenn die Sonne schien, und war für Kinder einer bestimmten Altersgruppe ein begehrter Spielplatz. Aber heute waren die Kinder zurückgetreten zugunsten eines kleinen Wanderzirkus, der auf dem festgestampften Boden sein Zelt aufgeschlagen hatte.

Unter den Bäumen waren ein paar Ponys angepflockt, ein unendlich traurig und räudig aussehendes Lama und eine Ziege, deren volles Euter fast am Boden schleifte. Die Tiere waren schmutzig, das Zelt, die Wagen, die dazugehörenden Kinder, und trotzdem nahm Sally sich vor, morgen mit Sarah in die Vorstellung zu gehen. Dabei wußte sie genau, daß diese Art Zirkus sich mit ihren Kindheitserinnerungen so wenig deckte, wie ein Fernseher mit einer Laterna magica, dennoch haftete diesem schäbigen kleinen Zirkus mehr von dem Zauber früheren Glanzes an, als den großen, die alle paar Jahre mal in die Stadt kamen.

Als sie am nächsten Nachmittag mit Sarah hinging,

war es wieder heiß, die Wege von Sonnenflecken gesprenkelt, die Pfützen vom Vortag getrocknet. Im Zelt waren die seitlichen Planen hochgebunden, so daß überall Luft eindringen konnte. Einfache Holzbänke standen um die kleine Arena, aus einem Lautsprecher kam Musik. Solange die Musik spielte, rannte ein mittelgroßer schwarzer Hund um das Zelt herum, immer rundherum, so schnell er konnte, trat eine Pause ein, warf er sich schweratmend hin, um bei den ersten Takten sofort wieder aufzuspringen und weiterzurennen.

Sally kaufte zwei Karten. Außer ihr waren nur noch zwei Frauen mit ihren Kindern da, zwischen den sonst leeren Bänken stand breitbeinig und offensichtlich streitlustig die Ziege, das Seil mit dem Pflock, den sie aus dem Boden gerissen hatte, hing noch an ihrem Hals.

Sally setzte sich mit Sarah möglichst weit von ihr weg und überschlug im Kopf, was die Zirkusleute an diesem Nachmittag verdienten, falls niemand mehr kam. Der Ertrag reichte höchstens für ein paar Flaschen Bier, und dafür schien der Direktor des kleinen Unternehmens ihn bereits ausgegeben zu haben, als er erschien. Vielleicht wollte er sein Publikum doppelt sehen, vielleicht auch gar nicht. Er war klein und mager und trug ein Cowboyhemd mit Ledereinsätzen, die seine Schultern breiter erscheinen ließen, auch war seine Stimme viel zu laut, rollten die Rrrrrs, knallte die Peitsche für mindestens achtzig Leute, und nicht die acht, die da waren.

Nach dem ersten Beitrag, der Vorführung eines Ponys, traute sich keiner zu klatschen, bis Sally sich einen Ruck gab und ihm applaudierte. Da richtete er seinen bisher eher verschwommenen und abwesenden Blick auf sie und erkor sie ohne zu lächeln für diese Vorführung zu seiner Dame.

Vor ihr mußten die Ponys tanzen und rechnen, vor ihr machte der Clown seine Späße, vor ihr quälte sich des Direktors älteste Tochter mit Kunststücken auf einem auf vier Flaschen gestellten Stuhl ab. Und Sally klatschte und schwitzte und litt mit Sarah, die sich schämte, obwohl doch außer ihnen nur noch die zwei Frauen mit ihren Kindern da waren, die sie nicht einmal kannten. In der Pause erwog sie die Flucht, aber das schien ihr dann doch allzu schäbig, und es sollte sich zeigen, daß es gut war, daß sie geblieben war.

Dem Direktor, sonst nicht reich, schien es an Kindern jedenfalls nicht zu fehlen, und das jüngste, theatralisch angekündigt als oberstes Glied einer Pyramide, sah dem toten Mädchen auf dem Foto des Wirts der ›Weißen Rose‹ erschreckend ähnlich. Seit Tagen hatte sich Sally bemüht, das Foto abzumalen, vergeblich. Aber jetzt sah sie eine Möglichkeit. Nach der Vorstellung sprach sie das kleine Mädchen an.

Ob sie noch länger hierblieben?

Einen Tag . . . oder auch zwei.

Ob sie ihr Modell sitzen wolle? Nur eine Stunde. Und natürlich nicht umsonst.

Der Vater wurde geholt und erklärte sein Einverständnis.

Wo sie malen wolle?

»Hier im Zirkus«, erklärte Sally fast zu hastig, aber keiner schien zu merken, daß sie Angst hatte, ihnen ihre Adresse zu verraten, Angst, daß zwei oder drei Beschützer mitkommen und sich in ihrer Wohnung breitmachen würden, und sie erkannte wieder, wie zwiespältig ihr Handeln oft war, es war dasselbe wie mit den Spenden für die dritte Welt oder den Paketen nach Polen, in die man alte Klamotten stopfte und sich noch gut dabei vorkommen konnte.

Zu Hause betrachtete sie das Foto lange, studierte mit einem Vergrößerungsglas das mit Rüschen besetzte Kleid und erinnerte sich, daß eine Schachtel mit rosa Faschingsseide auf dem Speicher stand. Warum die Sache nicht vervollkommnen. Sie holte den Stoff, setzte sich an die Nähmaschine und begann ohne große Sorgfalt das Kleid nach der Vorlage zusammenzunähen.

Das kleine Mädchen des Direktors aber war am nächsten Tag davon begeistert.

»Darf ich's behalten?« fragte sie und tanzte um Sally herum, wie der verrückte Hund zu der Musik getanzt hatte. Sally nickte, sah sie an und wunderte sich, wie wenig später, als sie auf einem Stuhl unter einem Baum saß, ihr Gesicht wieder altklug und ernst und deshalb der Toten so ähnlich wurde. Sie arbeitete schnell und ohne viel zu korrigieren, störte sich nicht an den zahlreichen Zuschauern, die sich aus der Familie des Direktors rekrutierten und nun ihrerseits Sallys Bemühungen wie eine Vorführung genossen. Das Ergebnis stellte alle zufrieden, Sally eingeschlossen, betrübt war nur die dicke Mutter des Mädchens, die das Bild gern behalten hätte. Der Direktor zeigte sich nicht, wahrscheinlich schlief er noch, um sich für die Nachmittagsvorstellung zu stärken.

Sally ging, als sie mit den Vorbereitungen begannen, die darin bestanden, daß jemand mit einem Reisigbesen flüchtig zwischen den Holzbänken fegte und ein anderer die Musik anstellte. Sofort kam der Hund aus dem Schatten unter einem der Wohnwagen hervor und begann seinen irrsinnigen Lauf.

Sie winkten ihr nach, als sie im Wald verschwand, und sie winkte zurück, froh, daß das Bild gelungen war, und voll Erwartung, was der Wirt der ›Weißen Rose‹ dazu sagen würde. Sie nahm wieder die Abkürzung und wunderte sich, weil sie glaubte, manchmal ein Rascheln hinter sich zu hören, aber nichts sah, wenn sie sich umdrehte. Dabei war es ein windstiller Tag, der Ginster stand in voller Blüte und regte sich nicht. Ab und zu kam ihr ein Stein vor die Füße und rollte den Berg hinab, oder es huschte eine Eidechse lautlos von den sonnenbeschienenen Felsen. Am Fuß des Berges mußte sie die Gleise überqueren, dicht vor dem Tunnel, wo das Mädchen überfahren worden war. Sie lauschte, ob die Drähte summten, und legte eine Hand auf die Schiene, um zu prüfen, ob sie zitterte und das Kommen eines Zuges ankündigte. Das Eisen vibrierte leise, und sie ging schnell weiter, um die andere Seite zu erreichen. Als sie an dem schwarzen Loch des Tunnels vorbeikam, traf sie feuchte Moderluft, und sie schauderte unwillkürlich trotz der Hitze.

Drüben stieß sie fast auf den Wirt, aber er schien sie nicht zu sehen. Sein Gesicht hatte alle Farbe verloren, mit weit aufgerissenen Augen starrte er auf irgend etwas hinter ihr. Sie drehte sich um. Zwischen den Gleisen und auf dem Damm wuchsen Mohn und Margeriten, und dazwischen spazierte das kleine Mädchen in dem rosa Kleid herum und pflückte sich einen Strauß. Sie war es also gewesen, die das Rascheln verursacht hatte, heimlich und flink mußte sie ihr nachgeschlichen sein. »Geh da weg«, rief Sally. »Jeden Moment kann ein Zug kommen.« Sie blickte auf die Drähte längs des Dammes, die zu schwingen begannen, und wollte zurück, das Mädchen holen. Ein kräftiger Arm hielt sie fest.

»Ihr kann doch nichts mehr passieren«, sagte der Wirt. »Aber es ist doch gar nicht Ihr Kind«, rief Sally. Sie warf das Bild ins Gras und versuchte sich loszureißen, aber er hielt sie wie in einem Schraubstock, erstarrt und festgenagelt von der kleinen rosa Gestalt, die Blume um Blume abriß und dabei vor sich hinsang. Als die beiden leuchtenden Punkte in der Schwärze des Tunnels auftauchten, schloß Sally die Augen und fing an zu schreien. Sie schrie aus vollem Hals und kam erst wieder zu sich, als der Zug vorbei und auch das letzte Geräusch in der Ferne verklungen war. An den Wirt geklammert, der breitbeinig im Gras stand, öffnete sie die Augen. »Ich wußte es«, sagte er, »sie ist doch schon tot.«

Langsam drehte sie den Kopf. Das kleine Mädchen saß zwischen den beiden Gleisen auf dem Boden und betrachtete verdattert die Blumen, die der Luftzug ihr aus der Hand gerissen und ringsum verstreut hatte.

»Isabella«, rief der Wirt. Er breitete die Arme aus, so daß Sally zur Seite taumelte, und beugte sich vor. Das Mädchen stand auf und sah ihn an. Dann winkte sie, graziös und mit einem kleinen Knicks, wie es ihr für die Vorstellungen beigebracht worden war, und kletterte auf der anderen Seite den Weg hoch.

Dem Mann liefen Tränen übers Gesicht. »Es geht ihr gut«, sagte er. »Ich wußte, daß es ihr gut geht. Jeden

Tag kam ich hierher, um ihr nahe zu sein. Und heute hab ich sie gesehen. Sie haben sie doch auch gesehen, Sie auch.«

Sally rieb sich den Arm. »Nein«, sagte sie. »Ich hab nichts gesehen. Überhaupt nichts.«

Ungläubig sah er sie an. »Aber Sie haben doch . . .«, murmelte er, und dann, so leise, daß sie ihn kaum verstehen konnte: »Vielleicht darf nur ich sie sehen.«

»So wird's sein«, meinte Sally. Sie hob das Bild auf und gab es ihm.

»Danke«, sagte er zerstreut. »Kommen Sie mit.«

Ihr Arm tat noch zu weh, als daß sie hätte Widerstand leisten können. So ging sie neben ihm her und hoffte inständig, daß der Zirkus morgen wirklich seine Zelte abbauen und sich nie mehr hier blicken lassen würde. Oder erst wieder in zwei Jahren, wenn das Mädchen größer war. Sie betrachtete ihn von der Seite. War es gut gewesen, ihn in seinem Wahn zu bestärken? Er sah jetzt immerhin so glücklich aus wie schon lange nicht mehr. Würde seine Frau ihm glauben, würden sie anderen davon erzählen? Auf was hatte sie sich da wieder eingelassen.

Er führte sie wie in Trance durchs Dorf, öffnete die Tür zu seinem Garten und ließ sie vor sich eintreten. Er bot ihr einen Platz unter dem Baum und verschwand im Haus. Als er mit seiner Frau wieder zum Vorschein kam, sah Sally, daß sie doch nicht das richtige getan hatte. Diese Frau würde mit einer Toten weiterleben können, aber niemals mit einem Gespenst. Da war nur Angst in ihren Augen, Angst um ihren Mann und noch mehr Angst, daß etwas von dem, was er erzählt hatte, stimmen könne. Sally sprang auf.

»Warten Sie hier«, sagte sie, »bitte.«

Sie rannte die Dorfstraße entlang, über die Wiesen, sprang über die Gleise und keuchte den Weg hoch. Das Mädchen war noch nicht weit gekommen. Es saß auf einem Stein, baumelte mit den Beinen und flocht sich Blumen ins Haar.

»Was wird heute aus eurer Pyramide?« fragte Sally nach Luft schnappend, als sie sie erreicht hatte. Die Kleine zuckte mit den Schultern.

»Ich bin dir nach, weil du was vergessen hast«, sagte sie. Sie öffnete die Hand und hielt sie ihr hin. Sally wurde rot. »Verdammt, du hast recht«, sagte sie. »Das wird erledigt. Würdest du mir noch einen Gefallen tun?«

»Welchen?« fragte sie geziert und strich sich das Haar hinter die Ohren.

»Mit mir ins Dorf gehen, jemanden besuchen.«

»Krieg ich da auch was dafür?«

›Eigentlich‹, dachte Sally, ›hätte sie schon mit dem Kleid, das ich ihr geschenkt habe, zufrieden sein können, aber vielleicht muß sie so sein, um zu überleben.‹ Sie nahm sie bei der Hand und rutschte mit ihr, mehr als sie gingen, den Berg wieder hinunter. Auf den Schienen spürte sie ein Frösteln.

»Vorhin«, sagte sie, »hättest du tot sein können.«

»Schon möglich«, meinte sie altklug.

Als der Wirt Sally mit dem Mädchen die Straße herunterkommen sah, wurde er wieder so fahl, daß kein Tropfen Blut mehr unter der Haut in seinem Gesicht sein konnte. Aber dann begriff er überraschend schnell, noch bevor sie etwas zu ihm gesagt hatte. Er betrachtete das Bild und dann wieder das Kind. Die Frau lächelte und strich dem Mädchen über die Haare.

»Magst du was trinken?« fragte sie. Sie ging ins Haus und kam nicht nur mit einer Limonade, sondern einem Karton voll Kleider und Spielsachen zurück.

»Für mich?« fragte das Mädchen. Sie nickte.

»Aber Maria . . .«, sagte der Mann, doch dann schwieg er und sah auf ihre Hände, wie sie in den Karton faßten und nach und nach ein Ding nach dem anderen herauszogen, und er begriff, wie sie mit jedem Stück, das sie weggab, sich einen Stachel aus der Wunde riß, so daß sie endlich heilen konnte. Er holte den Rotwein und trank ihn mit Sally, in dem Baum über ihnen lärmten die Vögel und vor ihren Füßen spielte die kleine Fremde im Kies.

Ein Nachmittag im Park oder das Mitternachtssouper

Sie kamen die Fußgängerzone herab, als gehöre ihnen die ganze Stadt. Alfreds Haare, vom Schlafen im Wald noch verfilzter als sonst, hingen ihm bis auf den Parka hinunter, den er trug wie einen Königsmantel. Er war barfuß. Rechts von ihm ging Rosa, links Sanna, die hennarotes Haar hatte und vor einem halben Jahr ihren Eltern in Dortmund weggelaufen war, weil sie sie ihrer Ansicht nach mit ihren siebzehn Jahren gehalten hatten wie eine Zwölfjährige. Hinter ihnen liefen Rolf, von seinen Freunden seiner schmalzigen Locken wegen Rabbi genannt, und der dicke Wong, Vietnamese, vor Jahren von einem angesehenen kinderlosen Ehepaar adoptiert, und inzwischen alles andere als die Freude ihres Alters.

Rabbi war ein echter Fixer gewesen und immer noch nicht ganz sauber. Wenn er was erwischen konnte, griff er zu. Nach einer schweren Gelbsucht war seine Leber kaputt und würde wohl auch nicht mehr werden. Ganz grob gesagt, er stand mit einem Fuß im Grab und mit dem andern im Gefängnis, eine Mischung, die ihn alles mit großem Abstand sehen ließ, denn schließlich konnte ihm nicht mehr viel passieren. Irgendwie war er auch nie ganz da. Entweder hatte er gerade ein paar in Zitronensaft aufgelöste Tabletten geschluckt, oder er war betrunken, und das ging bei ihm immer sehr schnell, oder er hatte seit Tagen nichts gegessen. Dabei sah er nicht schlecht aus, jedenfalls wenn man ihn nicht aus der Nähe sah; dann bemerkte man nicht, wie blutleer seine Haut war und wie viele Falten er schon hatte.

Es war der Stolz des Ausgestoßenen, den er zur Schau trug, und die anderen machten mit. Wie sehr verachteten sie die braven Bürger, die vor den Cafés an kleinen Tischen saßen und sich unwillkürlich kratzten, wenn sie zu nah an ihnen vorbeikamen. Wie sehr verachteten sie Gleichaltrige, die sie in manchem nachahmten, aber nicht echt waren. Das sahen sie mit einem Blick. Es waren nicht die indischen Pluderhosen, oder die Anstecker oder die grüngefärbten Haare, die aus irgendeinem Fünfzehn- oder Sechzehnjährigen einen Freak machten, es war die Arroganz, mit der sie ihre Lumpen zur Schau trugen, dieses LECKT MICH DOCH, das man sich nicht anschminken konnte, das einfach da war.

Auch Rosa, obwohl sie die Jüngste unter ihnen war, machte ihre Sache nicht schlecht, zur heimlichen Freude mancher Passanten, die ihre Eltern kannten und die es voll Schadenfreude genossen, daß hier so offensichtlich an Sallys und Philipps Renommee gekratzt wurde, und sie vergaßen dabei ganz, daß sie ihre eigenen Sprößlinge eher totgeschlagen hätten, als sie so auf die Straße zu lassen. Und vielleicht hatten sie sie auch schon lange totgeschlagen, so im Alter von drei bis vier Jahren, als sie anfingen aufzubegehren, um sich zu eigenen Persönlichkeiten zu entwickeln. Es gibt da wunderbare Methoden, und Prügeln ist noch lange nicht die schlimmste.

Alfred kaufte sich in der ›Nordsee‹ zwei Fischbrötchen und eine Dose Bier, dann bogen sie in den Stadtpark ein, um dort unter den alten Bäumen einen herrlich verbummelten Nachmittag zu verbringen. Mütter mit kleinen Kindern mieden den Park seltsamerweise. Dabei war er schön, ein bißchen verwildert, mit einem Ententeich, auf dem es auch Schwäne gab. Auf den Bänken saßen ein paar alte Männer, in Zeitungen vertieft, oder auch einfach nur so, vorgebeugt, die Hände zwischen den Knien, nichts mehr erwartend als den Abend, wo sie aufstehen und heimgehen würden, um am nächsten Tag wiederzukommen. Er war nicht heiter, dieser Park, es gab keine Blumen, aber den fünfen gefiel er. Wong trieb die Enten über die Wiese und machte ihren watschelnden Gang nach.

»Soll ich dir eine fangen, Alfred?« fragte er, »und du brätst sie im Wald?«

»Nur zu«, sagte Alfred, »du kriegst ja doch keine.« Und er hatte recht. So sehr Wong sich auch bemühte, sogar ein paar Bauchlandungen im Gras machte er, die Enten entwischten ihm jedesmal und retteten sich empört schnatternd aufs Wasser.

»Dann eben nicht«, meinte Wong gutmütig. Ihn konnte nichts aufregen, nicht einmal Sannas Sticheleien, und er hatte nur ein mitleidiges Lächeln für Alfred übrig, der jetzt seinerseits auf die Jagd ging. Als alle Enten auf dem Weiher waren, zog Alfred Parka, Hemd und Hose aus und stieg in das grünlich schillernde Wasser.

»Du Ferkel«, sagte Rosa, aber voller Hochachtung, denn sie hätte sich nie überwinden können, in diese Brühe zu steigen. Das Wasser reichte Alfred anfangs nur bis an die Hüften, aber schließlich schwamm er, tauchte einmal sogar und kam wieder hoch, Kopf und Schultern mit Wasserlinsen bedeckt. Sein Ziel war offensichtlich die kleine Insel mitten im Teich, auf der das Entenhaus stand.

Tatsächlich ging er dort an Land und kroch über den verschlammten, mit Kot bedeckten Boden durch eines der Löcher in das Entenhaus hinein.

»Er ist wirklich die größte Sau, die ich kenne«, meinte Wong ehrfürchtig, und die anderen konnten dazu nur nicken. Alfred erschien wieder und zog etwas Langes, Braunes hinter sich her. Er stieg ins Wasser und schwamm, seine Beute hoch über den Kopf haltend, bis er Grund hatte und wieder laufen konnte. Tropfnaß stand er vor ihnen und warf das Ding ins Gras. Es war ein Männermantel, einer aus dem Stoff, den man Pfeffer und Salz nennt, altmodisch geschnitten, mit großen dunklen Hornknöpfen.

»Wollmanns Mantel«, sagte Wong.

Jeder in der Stadt kannte Wollmann und damit auch Wollmanns Mantel, weil man ihn sommers wie winters nie mit einem anderen Kleidungsstück sah. Wollmann war ein alter Mann, der ein Haus am Rand der Fußgängerzone besaß, das abgerissen werden sollte, um einer Tiefgarage Platz zu machen. Es war das alte Lied. Wollmann wollte kein Geld und kein neues Haus, er wollte sein Leben in genau diesem kleinen Haus zu Ende leben. Leserbriefe gingen in den beiden Lokalzeitungen ein, mal pro, mal contra. Unterschriften wurden gesammelt, Parolen auf das Haus geschmiert, unter anderem: BERLIN BRENNT NEUSTADT PENNT, ein Satz, der den Bürgermeister in bange Vorahnungen stürzte, die sich aber nicht bewahrheiten sollten. Neustadt schlief wieder ein, der alte Wollmann aber verschwand plötzlich aus dem Stadtbild. All die Plätze, wo man ihn gesehen hatte, regelmäßig wie eine Uhr, vormittags auf den Stufen des Brunnens am Marktplatz, wenn es regnete in Nicks Kneipe, nachmittags vor dem Kaufhaus M. M. Maier, wenn es regnete in Nicks . . ., abends im Schatten der Stadtkirche, wenn es . . ., mußten nun ohne die vertraute Silhouette des Alten auskommen, der niemandem etwas getan hatte und doch so vielen ein Ärgernis war. Und dann stellte sich heraus, daß sein Haus gar nicht abgerissen werden durfte, weil irgend so ein Schlaufuchs vom Denkmalsamt herausgefunden hatte, daß es unter seinem Mörtelverputz ein unbedingt zu erhaltendes Fachwerk hatte. Auch das wurde in die Zeitung gesetzt, aber Wollmann kam nicht zurück. Alfred sah auf das grüne Wasser und auf die fetten Enten, von denen er todsicher eine verzehrt hätte – falls er sie erwischt hätte, natürlich –, und begann zu würgen.

»Ich geh auf die Toilette und wasch mir das ab«, sagte er und rannte, so wie er war, in Unterhosen, los. Zum Glück war das Klohäuschen nicht weit. Er stürzte hinein, drehte den Wasserhahn auf und spülte als erstes seinen Mund aus, in den beim Tauchen Wasser gekommen war.

Auch die anderen hatten kapiert.

»Er muß irgendwo unter den Wurzeln hängengeblieben sein«, sagte Sanna, »in dem Wasser sieht man ja nichts.«

Tatsächlich ragten die Wurzeln der alten Bäume zum Teil weit ins Wasser und bildeten unter der Oberfläche Nischen und Höhlen.

»Ich an seiner Stelle«, sagte Rosa, »wär mit dem

Mantel ins Wasser gegangen.« Sie schlug mit spitzen Fingern den schweren Stoff auseinander. Etwas Metallisches rutschte aus einer der Taschen und fiel ins Gras. Rabbi nahm es hoch. Das Ereignis hatte sich bis zu seinem vernebelten Hirn durchgearbeitet, und er begann zu kombinieren.

»Der Schlüssel«, sagte er, »der Schlüssel zu seinem Haus. Könnte nicht Alfred, statt im Wald . . ., wo doch keiner weiß, daß Wollmann tot ist.«

Das, fanden sie, war eine gute Idee, und sie wurde Alfred, der sich, gründlich gewaschen und mit Klopapier trockengerieben, eben wieder einfand, sofort unterbreitet. Er hörte ihnen schweigend und noch immer leicht mitgenommen zu.

»Ist doch klasse«, sagte Rosa. »Dort hast du ein richtiges Bett, einen Herd. Du kannst dich waschen. Ich sag deinem Opa Bescheid.«

»Der macht sich keine Sorgen«, sagte Alfred, »nur wenn der Fernseher mal ausfällt.« Fröstelnd zog er den Parka über der Brust zusammen. »Ein richtiges Dach überm Kopf wäre schon nicht schlecht.«

»Wir warten, bis es dunkel ist, damit uns keiner reingehen sieht«, schlug Wong vor, »und du darfst dann eben nachts nur hinten raus Licht brennen lassen, da hat er einen verwilderten Garten, durch den niemand bis zum Haus sehen kann.«

»O.K.«, sagte Alfred und ließ sich mit hinter dem Kopf verschränkten Armen ins Gras zurückfallen. Als er daran dachte, daß er jetzt schon vierzehn Tage beim Bund wäre und vielleicht im Moment in voller Montur durchs Unterholz hätte robben müssen, schnurrte er vor Behagen wie eine Katze. Er streckte mit geschlossenen Augen die Hand aus: »Mein Bier«, sagte er. Rosa gab es ihm. Er stützte sich auf, riß die Lasche ab und trank in langen Zügen. Schließlich reichte er die halbleere Dose weiter und wischte sich mit dem Handrücken über den Mund.

»Idioten«, sagte er.

»Meinst du uns?« fragte Rosa.

Er schüttelte den Kopf. »Ich mein alle, die etwas tun, wozu sie eigentlich keine Lust haben.«

Das war ihnen zu philosophisch. Rabbi legte seinen Kopf in Sannas Schoß und schlief ein. Rosa kramte den *Fänger im Roggen* aus ihrer Stofftasche und begann zu lesen. Wong schnappte sich Alfreds Fischbrötchen und aß sie auf. Aus einem offenstehenden Fenster im Haus des praktischen Arztes, der seine Wohnung direkt am Stadtpark hatte, kam Musik. »Negermusik«, hätte Rosas Mutter gesagt, aber es klang gut; weich und schwer kamen die Töne durch die Bäume über das grüne Wasser zu ihnen her, und der immer gleichbleibende Rhythmus schien ihnen eins zu sein mit dem Schlagen ihrer Herzen.

Als es dunkel genug war, machten sie sich auf den Weg. Wollmanns Haus war nicht weit weg, zwischen einer Bäckerei und einer Apotheke ging von der Fußgängerzone aus eine schmale Gasse hoch, an deren Ende es als letztes stand. Es gab keinen Vorgarten. Direkt von der Straße führten drei steinerne Stufen zu der Holztür, die über einem Briefkastenschlitz auf einer kleinen Tafel den Namen WOLLMANN trug. Alfred sah sich vorsichtig um und steckte dann, von den anderen gedeckt, den Schlüssel ins Schloß. Es knirschte leise, als er ihn drehte. Vorsichtig drückte er die Klinke herunter und schob die Tür auf. Sie drückten sich schnell in den Gang und machten sie wieder zu. Es war stockfinster, und es roch stickig. Wong holte sein Feuerzeug aus der Tasche und zündete. Sie sahen ein Stück herabblätternde Tapete und Stockflecken an der Wand. Am Ende des Ganges stand eine Tür halb offen, und sie gingen darauf zu, denn dies war ein Zimmer zum Garten hin, wo sie Licht machen konnten. Von Wong unterstützt, fand Alfred den Schalter und drehte ihn um. Sanna stieß einen Schrei aus. Auf einem Diwan, dicht am Fenster, lag eine menschliche Gestalt. Das Licht und der Schrei schienen sie erschreckt zu haben, denn aus der Decke, die sie verhüllte, kam ein dünner Arm, der sich ihnen abwehrend entgegenstreckte.

»Ich geh nicht mit«, sagte eine schwache Stimme, »laßt mich in Ruhe.«

»Wollmann!« rief Wong. Er ging zum Diwan und zog die Decke ein Stück herunter.

»Keine Polizei«, flüsterte Wollmann.

»Aber nein.«

Erleichtert, aber unendlich schwach, zog er sich ein Stückchen hoch, damit er sie besser sehen konnte.

»Wir haben Ihren Schlüssel gefunden«, sagte Alfred und hielt ihn hoch. »Im Stadtpark, bei den Enten. Er war in Ihrem Mantel, und da dachten wir . . .«

Er sprach nicht weiter. Aber Wollmann hatte verstanden.

»Ich wollte ja«, sagte er. »Setzt euch.«

Er wies ins Zimmer, und sie sahen sich um, um einen Sitzplatz zu finden. Rund um den Diwan hatte der alte Mann auf kleinen Tischen und Stühlen alles aufgebaut, was er brauchte. Bücher, Schreibzeug, eine Flasche Wein, Gläser, eine Tasse, Ovomaltine, Zucker, Haferflocken, Knäckebrot und noch vieles andere.

Aber es gab noch ein paar freie Stühle und einen Hocker, so daß sie sich setzen und ihm zuhören konnten.

»Ich war so fertig«, sagte er, »daß ich ins Wasser wollte. Aber es ging nicht. Ich kam immer wieder hoch.«

»Sie hätten den Mantel anlassen sollen«, sagte Rosa, »der hätte Sie runtergezogen.«

Alfred sah sie erstaunt an, und sie wurde rot.

»Ich mein ja nur«, sagte sie.

»Erst hatte ich ihn ja noch an«, fuhr Wollmann fort. »Aber dann saß ich auf der Insel und hab mir's überlegt. Ich hab den Mantel ausgezogen und bin zurück. Der Schlüssel war weg, aber ich bin hintenrum rein, da ist ein Fenster kaputt. Und dann merkte ich, daß ich mir im Wasser was geholt habe. Ich hatte Schüttelfrost und Fieber. Ich hab mir das hier zurechtgemacht und mich hingelegt und bin nur raus, wenn ich aufs Klo mußte.«

»Geht's Ihnen jetzt besser?« fragte Alfred.

»Nicht sehr«, sagte Wollmann, »der Husten ist schlimm. Aber ich gehe nicht ins Krankenhaus und schon gar nicht in ein Heim. Sind die Bagger schon da?«

»Was für Bagger?«

»Die zum Abreißen.«

»Aber es wird ja nicht mehr abgerissen«, rief Wong. »Wissen Sie das nicht? Es stand in der Zeitung. Sie stehen unter Denkmalschutz.«

»Das ist gut«, flüsterte Wollmann, »das ist gut.«

Er begann zu husten, und rote Flecken erschienen auf seinen Wangen.

»Das hört sich aber wirklich nicht gut an«, sagte Alfred. »Wie wär's, wenn Sie ein paar Wochen zu meinem Opa gingen, der hat eine helle, luftige Wohnung in Wiesenbach – und mein Bett ist dort sowieso frei. Ich wohn dafür hier, zum Ausgleich sozusagen.«

Wollmann überlegte, sah sie einen nach dem anderen an und nickte.

»Ich glaube, ihr legt mich nicht rein«, meinte er schließlich und ließ den Kopf zurückfallen.

Während Wong fort war, seinen R4 holen, packten sie Wollmanns Sachen zusammen. Viel war es nicht. Er hatte Wäsche und ein paar Pullover und Trainingsanzüge im Schrank, alles sauber gewaschen und ordentlich zusammengelegt. Dazu kamen Socken und Taschentücher. Gebügelte Stofftaschentücher. Sanna hielt sie hoch und schnalzte mit der Zunge: »Daß es das noch gibt.«

Von den Sachen auf dem Tisch wollte er nur die Bücher und ein kleines Klavier mitnehmen. Es war wahrscheinlich als Kinderspielzeug gedacht und gab ein paar klimpernde Töne von sich, als Rosa es ausprobierte.

»Das war Karl Kraus seines«, sagte Wollmann. »Ich hab's auf einer Auktion billig gekriegt. Ganze Offenbach-Operetten hat er bei seinen Vorträgen darauf gespielt. Ich hab ihn selbst noch gesehen. In München.«

Karl Kraus war ihnen kein Begriff, aber da die Erinnerung an ihn für den alten Mann wichtig zu sein schien, behandelten sie das Klavier besonders sorgfältig. Als Wong zurückkam, waren sie fertig. Wollmann hatten sie einen Trainingsanzug angezogen und ihn noch zusätzlich in eine Decke gewickelt. Alfred sah ihnen nach, als Wong im Rückwärtsgang die Gasse hinuntersetzte und in die Fußgängerzone einbog. Elegant umfuhr er ein paar Blumenkübel, sehr zum Ärger einiger später Spaziergänger, die ihn lautstark darauf hinwiesen, daß Autofahren hier verboten war. Er drehte die Scheibe hinunter und streckte den Kopf heraus: »Wenn ich hier nicht fahren darf«, sagte er, »dann dürft ihr erst recht nicht hier sein. Oder haben sie im Zoo jetzt auch Freigänger?« Bevor sie antworten konnten, war er in die Hauptstraße eingebogen und fuhr in Richtung Wiesenbach. Sie kamen an den Neckar, und Wollmann, der zwischen Rosa und Rabbi hinten saß, beugte sich vor, um besser sehen zu können. Das Wasser hatte einen öligen und bleichen Schimmer, gesäumt von den schilfbesetzten Uferstreifen schien der Fluß über Nacht seinen Lauf eingestellt zu haben.

»Wie ein See«, murmelte Wollmann, »so still wie ein See.« Dann lehnte er sich wieder zurück und schloß die Augen. Sie durchfuhren das Dorf, passierten die Fabrik und hielten vor Alfreds Haus.

Nur bei Herbert brannte noch Licht, und so entschloß sich Wong, dort zu klingeln. Während sie warteten, daß Herbert die Treppe herunterkam und ihnen die über Nacht verschlossene Haustür öffnete, packten sie Wollmanns Sachen und ihn selber aus. Leicht zittrig stand er zwischen ihnen und war der erste, den Herberts Mutter – denn nicht Herbert, sondern sie war noch wachgewesen – im Schein der Flurbeleuchtung sah. Da sie kaum hinauf in die Stadt kam, kannte sie ihn nicht. Daß er schwach, vielleicht sogar krank war, sah sie, daß er nicht irgendein Vagabund war, ebenfalls, und so erklärte sie, als Wong ihr kurz die Lage geschildert hatte, daß sie Wollmann vorerst bei sich aufnehmen wolle.

»Ich hab auch Platz«, sagte sie, »und ich kann besser kochen als Sabine.«

So schleppten sie also den alten Mann samt Gepäck in ihre Wohnung.

»Ich muß jetzt heim«, erklärte Rosa, als sie als letztes das kleine Klavier auf der Brokattischdecke im Wohnzimmer abgeladen hatte. »Fährst du, Wong?«

Er nickte. Sie zogen Sanna und Rabbi, die sich fasziniert in dem vergoldeten Etablissement umgesehen hatten, an den Ärmeln mit hinaus.

»Ich heiße Irma«, erklärte Herberts Mutter energisch und drückte Wollmann in einen Sessel. »Ist es Ihnen recht, wenn wir uns duzen?«

Er blickte sie mißtrauisch von der Seite an. »Max«, sagte er und streckte seine Hand aus, die sie mit ihren kräftigen Händen umfing.

»Mein Gott«, sagte sie, »das sind ja Hühnerkrallen. Wie lang hast du schon nichts Richtiges mehr gegessen?«

Er hob nur die Schultern.

»Ich koch uns was«, sagte sie. »Ich mach uns ein Mitternachtssouper, da werden dir die Augen aufgehn. Mit Herbert ist ja in der Beziehung nichts los. Dem Jungen könnte ich Sägespäne hinstellen und er würd's nicht merken. Macht es dir was aus, wenn ich noch zwei, drei Leute dazuhole? Alfreds Opa? Und vielleicht die Meiers von unten? Denen tut's auch gut, wenn sie mal was Richtiges in den Magen kriegen, und ich spiel dann sozusagen nicht vor fast leerem Saal. Damit will ich nicht sagen, daß ich's nicht auch für dich allein täte, aber es macht einfach mehr Spaß, verstehst du?«

»Ja«, sagte er. Er zog die Decke, die heruntergerutscht war, über seine Knie. Die Wohnung war grauenhaft, aber die Frau schien in Ordnung zu sein. Er begann sich zu entspannen. »Könnte ich vielleicht vorher noch einen Schnaps haben?« fragte er.

Die Brüder Meier fanden nichts dabei, kurz vor Mitternacht aus dem Schlaf geklingelt und zum Essen eingeladen zu werden. Und Alfreds Opa saß sowieso noch im Dunkeln vor dem Spätfilm, der in etwa zehn Minuten fertig sein würde . . ., aber dann . . .

»Wir werden nicht auf dich warten«, sagte Herberts Mutter streng. »Und nachgereicht wird auch nicht. Was du verpaßt hast, hast du verpaßt, ist das klar?«

Sie verhandelten bei offener Tür, und was ihre

Worte nicht vermocht hatten, brachte der Duft fertig, der plötzlich aus dem unteren Stock bis zu ihnen drang.

»Hase?« fragte er aufgeregt.

»Mit Rahmsauce und Preiselbeeren. Und vorher Schinken mit Melone. Zum Abschluß ein Soufflé. Mein Soufflé, du weißt.«

Er wußte. Sie hatte es oft genug erzählt. Allein dieses Soufflé hatte ihr vier Heiratsanträge eingebracht, die sie aber alle abgelehnt hatte. Immerhin war aber einer der vier Interessierten Herberts Vater geworden. Alfreds Opa suchte seine Jacke und folgte ihr.

Sogar Herbert war aufgestanden. Sie saßen alle um den großen Tisch im Wohnzimmer, dessen Brokatdecke einem gestärkten weißen Tischtuch Platz gemacht hatte. Das Geschirr, die Gläser, die silbernen Leuchter funkelten im Licht der Kerzen, das sogar dem übrigen Interieur etwas von seinem Kitsch nahm und alles viel wertvoller aussehen ließ, als es wirklich war. Trotzdem schien es Irma nicht zu stören, daß Herbert im Schlafanzug und die Brüder Meier in verschlissenen Morgenröcken erschienen waren. Sich selbst aber hatte sie in krachende Seide gehüllt.

Seit Jahren hatte Wollmann nicht mehr so gut gegessen. Und auch mit dem Wein kannte sie sich aus. Richtig temperiert, zu jedem Gang einen anderen. Bei dem Soufflé brach er bald in Tränen aus. Die Brüder

Meier, denen sich die höheren Weihen einer guten Mahlzeit nie erschlossen hatten, aßen, weil es ihnen schmeckte, Wollmann aber, der sich an Zeiten erinnerte, die so weit zurücklagen, daß er sie vergessen zu haben glaubte, rappelte sich plötzlich von seinem Stuhl hoch und küßte Irma die Hand.

»Nieder mit McDonald's«, rief er.

»Nieder mit McDonald's«, schrien auch die Brüder Meier, ohne zu verstehen, was er meinte, aber sie hatten inzwischen soviel getrunken, daß sie alles niedergeschrien oder hochgelobt hätten, was man ihnen vorbetete.

Irma lächelte geschmeichelt. Sie ließ sich von Herbert den Reißverschluß an ihrem Kleid hinten aufziehen, damit sie mehr Luft bekam, und lehnte sich behaglich im Stuhl zurück. Man war inzwischen zum Kognak übergegangen.

»Eines versteh ich nicht«, sagte Irma und betrachtete wohlwollend erst den einen, dann den zweiten Meier über den Rand ihres Glases hinweg. »Ihr seid doch Zwillinge. Ihr ähnelt euch wie ein Ei dem anderen . . ., so sagt man doch? Und dabei hat einer von euch einen Bauch und der andere nicht.«

Die Brüder Meier sahen sich an, blickten auf den Tisch, sahen sich wieder an.

»Wir sind unter Freunden«, sagte der eine schließlich. Darauf stand der andere auf. »Mein Bauch«, sagte er und begann den Gürtel seines Bademantels aufzuknoten, »mein Bauch kommt daher, daß wir eigentlich Drillinge sind.«

Irma verschluckte sich. Der stehende Bruder ließ seinen Bademantel zu Boden gleiten und stand jetzt nur noch in seiner Schlafanzughose vor ihnen. Über seinem Bauch trug er eine breite weiße Binde, die er vorsichtig abzuwickeln begann. Ein paar winzige Füße kamen zum Vorschein, zwei Beinchen, ein kläglich verkrümmter Körper, nicht viel größer als der einer jungen Katze, mit zwei herabbaumelnden Armen. Einen Kopf gab es nicht. Der Kopf, falls überhaupt vorhanden, mußte sich hinter der meierschen Bauchdecke befinden.

Irma trank ihr Glas mit einem Ruck aus. Herbert rückte seine Brille zurecht und beugte sich interessiert vor. Wollmann hielt nur der Gedanke, wie gut das Essen gewesen war, davon ab, es wieder von sich zu geben. Meier zwei aber, der noch saß, lachte und gab dem merkwürdigen Embryo eins auf den winzigen Hintern.

»Hier«, sagte er, »sehen Sie Meier drei.« Das war der Augenblick, in dem Irma umfiel.

Als sie wieder zu sich kam, lag sie auf dem Sofa, gestützt von Herbert, der ihr mit einer Zeitung Luft zufächelte. Sie richtete sich auf.

»Entschuldigt bitte«, sagte sie, »ich bin eine hysterische alte Frau. Schließlich ist doch nichts dabei.«

Die beiden Meier saßen betreten auf ihren Stühlen. Meier drei war, wie sie mit einem vorsichtigen Seitenblick feststellte, wieder verpackt.

»Wir hätten es ihnen nicht zeigen dürfen«, erklärte der ohne Drilling fast weinerlich. »Die Zeiten sind eben nicht mehr so. Die Leute vertragen nichts. Und dabei sehen sie im Fernsehen viel schlimmere Sachen. Noch vor zwanzig Jahren sind wir bei Betriebsfesten aufgetreten, aber das weiß inzwischen keiner mehr.«

»Gott sei Dank«, sagte der andere.

»Wir haben sogar einen kleinen Anzug für ihn. Mit Hemd, Strümpfen, Schuhen und allem.«

»Am Hemd sind Manschettenknöpfe«, sagte Meier eins verträumt.

Irma hatte sich wieder ganz gefaßt. Sie saß auf der Sofakante, daß sie fast vornüberkippte und fixierte die Stelle, wo das Ding saß.

»Warum haben Sie's nicht wegmachen lassen?« fragte sie.

»Wir hängen eben dran«, sagten beide fast gleichzeitig, »er ist doch unser Bruder.«

Das war ein Argument. Sie breitete die Arme aus und gähnte. »Herrschaften, ab ins Bett. Ich bin müde.«

»Zum Glück ist morgen Samstag«, meinte Meier zwei, schon unter der Tür. »Da können wir ausschlafen.«

Opa und Sabine schliefen am nächsten Morgen noch, als es unentwegt an der Tür klingelte. Schließlich entschloß sich Opa hinzugehen. Er kroch aus dem Bett und öffnete. Es waren wieder zwei Feldjäger, zwei andere diesmal, die nach Alfred fragten.

»Er ist nicht da«, sagte Opa. »Ich hab selbst keine Ahnung, wo er ist. Vielleicht in Indien. Da wollte er schon immer mal hin.« Er blinzelte unschuldig.

»Dürften wir uns mal in der Wohnung umsehen?« fragte der eine.

»Das dürfen Sie eigentlich nicht«, sagte Opa, der seine Rechte genau kannte (Fernsehen bildet), »aber ich will nicht so sein. Bitte.«

Er trat zur Seite und gab den Weg frei. Sie waren wirklich nicht unverschämt, das mußte er ihnen lassen. War eine Tür geschlossen, klopften sie an, wer würde schließlich schon im dritten Stock aus dem Fenster springen.

Selbstverständlich fanden sie Alfred nicht. Sie fanden Sabine, die aufgeregt quiekte, als plötzlich zwei junge Männer vor ihrem Bett standen, und sie fanden auf einem kleinen runden Tisch im Wohnzimmer Alfreds Glaspfeife, die er zum Haschrauchen benutzte. Einer roch daran und gab sie dem anderen weiter, der ebenfalls daran roch und sie wieder hinlegte. Opa nahm sich vor, die Pfeife nachher verschwinden zu lassen. Man konnte nie wissen.

Nachdem sie überall nachgesehen hatten, sogar auf dem Klo, fragten sie Opa nach Adressen.

Adressen?

Adressen von Freunden und Bekannten, wo er sich versteckt halten könnte.

Opa wußte keine.

Ob andere im Haus welche wüßten?

Vielleicht.

Nun gut. Sie würden fragen. Und wenn er von Alfred etwas höre, solle er hier anrufen. Sie gaben ihm einen Zettel. Und er solle ihm sagen, daß er durch sein Fortbleiben nur alles schlimmer mache. Warum er denn nicht verweigert hätte?

Opa zuckte nur ratlos die Achseln.

Auf Wiedersehn also.

Auf Wiedersehn.

Opa warf die Haschpfeife in den Mülleimer und ging zufrieden wieder ins Bett.

Einer klingelte bei Illichs, während der andere die Treppe hinunterging und Irma aus dem Bett holte. Sie war alles andere als gut gelaunt, als sie öffnete, aber als sie die Uniform sah, war ihre schlechte Laune nicht mehr zu überbieten.

»Was gibt's?« schnauzte sie.

Er sah sie eingeschüchtert an. Ein hübscher Junge, dem die kurzgeschnittenen Haare gut standen. Blonder

Flaum auf der Oberlippe, der Hemdkragen tadellos sauber, das sah sie mit einem Blick – aber er war auf der falschen Seite. Sie kreuzte die Arme über der Brust.

»Es geht um Herrn Busse«, sagte er. »Auch in seinem Interesse müssen wir ihn finden. Und da dachte ich . . .« Er geriet unter Irmas forschendem Blick ins Stottern.

»Da dachtest du, Söhnchen . . .« Aber plötzlich kam ihr eine Idee. Sie biß sich auf die Lippen, um nicht lachen zu müssen.

»Hör zu«, sagte sie und zog ihn in die Wohnung. »Ich kenn einen, der weiß, wo Alfred ist. Aber ich muß ihn vorbereiten, verstehst du? Mit ihm reden. Ich hol dich dann.«

Sie schob ihm einen Stuhl hin und rannte einen Stock tiefer zu den Brüdern Meier. Sie blieb nicht lange drin. Zufrieden kam sie heraus und stieg die Treppe hoch, während der Feldjäger Nummer zwei sein Glück an Wagenbeins Tür versuchte. Sie nickte ihm gnädig zu und holte seinen Kollegen aus ihrer Wohnung.

»Komm mit«, flüsterte der, als er hinter Irma die Treppe hinunterstieg. Unten stand die Tür offen. Irma bedeutete den beiden, ihr zu folgen, und führte sie an Meiers Bett.

»Er ist krank«, sagte sie, »er kann nicht aufstehen. Aber er wird euch sagen, wo Alfred ist.«

Sie blickte sich um, aber der andere Meier hielt sich wohlweislich zurück. Sie beugte sich vor.

»Nicht wahr«, schrie sie, »du weißt, wo er steckt.«

Meier nickte und deutete an, daß er nur schwer sprechen könne. Irma schubste ihren jungen Freund vor. Meier schob die Bettdecke zurück und deutete auf das altmodisch gekleidete Püppchen, das er auf dem Bauch liegen hatte und dessen Kopf er unter seiner Schlafanzugjacke versteckt hatte.

»Er soll es wegnehmen«, flüsterte er, »es drückt mich so.«

Irma hob entschuldigend die Hände. »Tu ihm den Gefallen, Schätzchen«, sagte sie, »so alt und braucht immer noch sein Püppchen zum Schlafen.«

Der junge Soldat beugte sich vor und nahm die Puppe an den Beinen. Er zog daran und wurde bleich.

»Was ist?« fragte Irma scheinheilig.

»Sie hängt fest«, sagte er.

Der andere schob ihn beiseite und griff herzhaft zu. Er und Meier schrien gleichzeitig. Und dann hielt er die Kleider in den Händen, und das schreckliche Ding hing im Tageslicht schamlos und scheußlich aus Meiers Bauch heraus.

»Die jedenfalls«, sagte Irma zufrieden wenig später am Fenster, »die kommen nicht wieder.«

»Aber andere«, sagte Meier und verstaute sein Anhängsel unter der Bandage, die er immer trug.

»Sie haben Illichs Blumen umgefahren und Wagenbeins Garage gestreift«, sagte Irma. »Sollen wir Strafantrag stellen?«

»Ist mir egal«, jammerte Meier. »Ich hab Bauchweh. Er hat meinem Süßen fast die Beine ausgerissen.«

Die Reise nach Ungarn

Sally war erleichtert, als die Ferien begannen, und freute sich auf die Reise nach Ungarn, die sie vorhatten, aber sie hatte auch Angst. Sie und Rosa, für längere Zeit beieinander, ohne die Möglichkeit sich aus dem Weg zu gehen, würde das gutgehen?

Es fing schon morgens kurz nach der Abfahrt damit an, daß Rosa vor Ladenschluß in Passau sein mußte, weil sie unbedingt in einen dieser indischen Kramläden wollte, den sie während des letzten Urlaubs dort entdeckt hatte. Sie waren alle sowieso schon nervös genug, nur Rosa schien ruhig, aber sie war der Vulkan, in dem die Lava im Moment nur ruhte, um bei entsprechendem Anlaß um so heftiger auszubrechen.

Die ersten kleinen Stöße kamen auf der Autobahn kurz hinter Bamberg. Die Mittagspause auf einem, nach langem Suchen endlich gebilligten, weil schattigen Parkplatz hatte ihr offensichtlich zu lange gedauert, und sie trieb Philipp zu größerer Eile an. Das wiederum machte Sally verrückt.

»Kannst du denn immer nur an dich denken«, rief

sie, »sollen wir deinetwegen alle an einem Baum landen, oder was?«

Rosa stichelte ungerührt weiter. Philipp, der tat, als höre er gar nicht zu, gab unbewußt mehr Gas, und Sally, die das merkte, mußte ihre Fingernägel in die Handflächen bohren, damit sie nicht Rosa, die natürlich vorne saß, tüchtig an den Haaren riß.

Sie erreichten Passau kurz vor fünf, fanden einen Parkplatz am jenseitigen Donauufer und mußten über die Brücke zurück in die Innenstadt. Hier stellte sich heraus, daß Rosa den genauen Standpunkt des Ladens vergessen hatte, und so begann eine vage Suche im Altstadtviertel, die dadurch erschwert wurde, daß Passau über mehrere indische Läden verfügte – auf die hilfsbereite Passanten sie hingewiesen hatten –, an denen Rosa aber mit gerümpfter Nase vorbeiging. Sie wollte diesen einen Laden oder keinen. Sie fanden ihn – endlich, und nun verlangte Rosa, als sie in der engen Gasse vor dem verstaubten Gewölbe standen, aus dem der Geruch von Räucherstäbchen drang, daß ihre Mutter mit hineingehen solle. Sally weigerte sich.

»Wenn ich mitgehe, will sie auch was gekauft haben«, sagte sie, »und es war ausgemacht, daß wir hier nichts kaufen.«

»Ich will nichts kaufen«, sagte Rosa, »ich will nur, daß du mitgehst.«

»Ich denk ja nicht dran.« Erschöpft setzte sich Sally

auf das Sims vor der Schaufensterscheibe. »Entweder gehst du allein in dieses stinkende Loch, oder du läßt es bleiben.«

Und es stellte sich heraus, daß Rosa es unter diesen Umständen eben bleiben ließ.

»Hättest du denn nicht . . .« fragte Philipp, als sie, eine verbissen schweigende Rosa im Schlepptau, schließlich weitergingen, »vielleicht doch . . .?«

»Nein«, sagte Sally, »nein.«

Sie liefen durch die Fußgängerzone und landeten in dem Gartencafé, das ihnen noch vom letzten Urlaub ein Begriff war. Unter schattenspendenden Bäumen standen Tische mit rotweißkarierten Decken. Sally ließ sich aufseufzend in einen der Stühle fallen, Philipp und Sarah folgten, Rosa setzte sich einen Tisch weiter weg.

»Komm her!« rief Philipp, »dort drüben kriegst du nichts.«

»Ich will auch nichts«, sagte Rosa. Sie schob die Unterlippe vor und sah nach oben in die Bäume.

»Na dann eben nicht«, meinte Philipp. Er griff nach der Karte, die auf dem Tisch lag, und las halblaut, was da angeboten wurde. Sarah wußte sofort, was sie wollte.

»Palatschinken«, rief sie, »gefüllt mit Erdbeeren und Sahne.«

Sarah war glücklich, wenn sie aß. Sie aß langsam und mit Genuß und hätte sich am liebsten, wie der

Junge aus einem alten Witz, mit den Dingen, die ihr am besten schmeckten, vor einen Spiegel gestellt, um so zumindest mit den Augen zum doppelten Genuß zu kommen. Philipp bestellte sich Kaffee und Apfelstrudel, Sally, die unter den fragenden Blicken des Kellners litt, den die mürrische Rosa zweimal hatte abblitzen lassen, nahm eine Rotweinschorle, um sich zu entkrampfen, wie sie sagte.

Es war nicht mehr heiß. Ein angenehmer Wind fächelte unter den Bäumen und hob die Zipfel der Tischdecken hoch. Vom Dom kam das Läuten der Glocken herüber.

»Was ich an Passau so mag«, sagte Sally, die ihr Glas halb getrunken und sich entkrampft hatte, »ist, daß es schon etwas von dieser balkanesken Schlamperei an sich hat. Guck dir nur mal diese verblichenen rosa Fassaden an.«

»Phhh . . .« machte Rosa am Nebentisch. Ein paar Leute drehten sich nach ihnen um, und Sally kniff wütend die Augen zusammen, um die Tränen zurückzuhalten.

»Du wirst sehen, sie wird uns alles verderben. Es ist ihr egal, daß wir ein ganzes Jahr auf diesen Urlaub gewartet und uns drauf gefreut haben. Sie tut, was sie will, ohne jede Rücksicht. Am liebsten würde ich wieder heimfahren.«

»Bitte«, sagte Rosa, »das ist sowieso das letzte, mit

euch zusammen wegzufahren. Und dann noch nach Ungarn. In Korsika gab es wenigstens einen Flipper.«

In Korsika waren sie vor zwei Jahren gewesen, und tatsächlich hatte Rosa die meiste Zeit dort mit Flippern verbracht.

Philipp trank seinen Kaffee aus und rief nach dem Kellner. Schließlich mußten sie noch eine Unterkunft für die Nacht suchen.

Vor der Grenze nach Österreich fanden sie kein Quartier mehr, aber kurz dahinter, direkt an der Donau, bekamen sie in einem großen, im Landhausstil errichteten Hotel noch zwei Zimmer. Ein Bad mit Unmengen weißer Handtücher, Teppichboden, große Spiegel in den Fluren, das gefiel Rosa, und sie wurde wieder umgänglicher. Auch das Abendessen entsprach ihrer Vorstellung, sie liebte Gerichte mit vielen Zutaten und angelte sich noch von den Tellern ihrer Tischnachbarn, was sie nicht hatte, ein paar Bohnen, gedämpfte Kartoffeln, einen Löffel scharfgewürzten Reis – gleichgültig, ob es zu ihrem Essen paßte oder nicht. Sally trank einen Tiroler Landwein, den der junge Kellner schwungvoll – einen Arm hinter den Rücken geklemmt – aus einer Karaffe in ihr Glas goß. Als Philipp ihn nachäffte, wurde sie böse.

»Er hat's doch nicht gesehen«, sagte Philipp.

»Er hätte es aber sehen können.«

»Na und? So was überlebt er. Wenn nur das Trinkgeld hoch genug ist.«

Nach dem Essen verzogen sich die Kinder in den Fernsehraum, während Sally und Philipp spazierengingen. Ein schmaler Weg führte zwischen gemähten Wiesen, auf denen noch Heubüschel lagen, in die Donauauen hinein. Sie ließen den Hund von der Leine und mußten lachen, als sie ihn, der von der langen Fahrt im Auto ganz steif geworden war, wie eine von Sarahs verrückten Tanzmäusen immer im Kreis herumrennen sahen.

Das Essen war gut gewesen, und die Luft roch nach Heu. Sally fühlte Ferienstimmung in sich aufsteigen. Sie schob ihre Hand unter Philipps Arm.

»Trinken wir nachher noch einen Campari?« fragte er. Sie nickte.

Sie standen am nächsten Morgen ziemlich früh auf, um rechtzeitig an der ungarischen Grenze zu sein, wo die Abfertigung, wie man ihnen gesagt hatte, Stunden dauern konnte. In guter Laune fuhren sie die Donau entlang, über deren Wasseroberfläche Dunstwolken sich in der Morgensonne langsam auflösten, und erreichten gegen Mittag Wien.

»Durch Wien fahren wir nicht einfach durch, Wien schauen wir uns an«, sagte Sally.

»Ich hab eine Idee«, meinte Philipp, »wir parken das

Auto am Flughafen, das ist sowieso unsere Richtung. Der Hund bleibt dort, und wir fahren mit dem Bus zurück in die Stadt.«

Sally fand das eine gute Idee, nur zeigte sich dann, daß sie durch die Busfahrerei mehr als eine Stunde verloren und von Wien nur den Stephansdom von außen und ein Eiscafé von innen zu sehen bekamen, damit sie rechtzeitig wieder zurück sein konnten.

»Trotzdem zu spät, um heute noch über die Grenze zu gehen«, sagte Philipp, als sie wieder unterwegs waren. »Übernachten wir in Bruck. Dann sind wir morgen früh bei den ersten.«

Sally sah ihn von der Seite an. Hatte er Angst, weil man ihnen so viel Schauermärchen vom Grenzübertritt erzählt hatte? Von Soldaten mit Maschinengewehren, Wachtürmen, allen möglichen Schikanen? Sie vergewisserte sich noch einmal, ob tatsächlich alle Papiere im Handschuhfach waren, Visa und Pässe, einschließlich des amtstierärztlich beglaubigten Gesundheitszeugnisses für den Hund. Alles da. Aufseufzend lehnte sie sich zurück.

Als sie in Bruck auf dem Marktplatz geparkt hatten und sich gerade zu Fuß auf den Weg machen wollten, um einen Gasthof oder ein Hotel zu suchen, erklärte Rosa plötzlich, daß sie in der nächsten Woche ihre Regel bekommen und ohne ihre gewohnten Schmerztabletten verrückt werden würde. Hatte Sally die Tabletten eingepackt? Nein, natürlich nicht. Sally hatte an anderes zu denken gehabt. Dann weigere sie sich, weiter mitzufahren. In ein Land, wo sie sich nicht mal verständlich machen konnte. Außerdem spüre sie jetzt schon Schmerzen. Sie zog sich wieder in das noch nicht verschlossene Auto zurück und hielt sich demonstrativ den Bauch. Resigniert ging der Rest der Familie auf die Suche nach einer Apotheke. Es schien nur eine einzige in ganz Bruck zu geben, und da man ihnen freundlich den Weg wies, hatten sie sie bald gefunden.

Vor dem Eingang war bereits ein mächtiges Eisengitter heruntergelassen, aber es gab eine Nachtglocke, die Sally behutsam und mit schlechtem Gewissen drückte. Ein Täfelchen mit der Aufschrift KOMME GLEICH leuchtete über der Tür auf, und dieses Zeichen des Fortschritts in einem so verschlafenen Nest erschreckte Sally so, daß sie ein paar Schritte zurücktrat. Es tat sich auch wirklich bald etwas. Ein blasser junger Mann öffnete die Tür der Apotheke, blieb aber hinter dem Gitter stehen und hörte sich freundlich Sallys stotternd vorgebrachte Bitte um Tabletten gegen Menstruationsbeschwerden an.

»Wie alt ist Ihre Tochter?« fragte er, bevor er sich in den Laden zurückzog.

»Vierzehn«, sagte Sally.

»Aha.«

Er ließ die Tür angelehnt und war bald darauf mit

einem Päckchen wieder da, das er durchs Gitter reichte, um dann auf demselben Weg das Geld entgegenzunehmen. Sein umgängliches Wesen ermutigte Sally so, daß sie ihn nach einer Übernachtungsmöglichkeit fragte.

»Ein Hotel?«

»Das muß nicht sein. Ein guter Gasthof ist uns fast noch lieber.«

»Da gibt es die ›Ungarische Krone‹«, sagte er, »das Essen dort ist jedenfalls ausgezeichnet. Die Betten kenne ich nicht.«

Er beschrieb ihnen den Weg, und sie bedankten sich und gingen zum Auto zurück.

Die ›Ungarische Krone‹ war ein sehr schönes altes Gasthaus, am Rande eines grünen Flusses gelegen, der eine Nacht voller Schnaken versprach. Man gab ihnen zwei Zimmer im oberen Stock, zu dem eine breite Treppe hinaufführte, und sie beeilten sich mit dem Auspacken und Händewaschen, um möglichst schnell in den Gastraum und damit zu dem ausgezeichneten Essen zu kommen.

Der Grenzübertritt am nächsten Morgen verlief nahezu reibungslos. Zwar war das Aufgebot an bewaffneten Soldaten tatsächlich ziemlich groß, aber solange sie ihnen nicht zu nahe kamen, gab es, so fand jedenfalls Sally, keinen Grund, sich zu fürchten. Sie lehnte sich entspannt im Sitz zurück, behauptete, daß die Straße genauso gut asphaltiert sei wie auf der anderen Seite, bewunderte die zahlreichen Pferdefuhrwerke, die Philipp vorsichtig überholte, und fand die Dörfer, die sich mit ihren langgestreckten niedrigen Häusern von denen, die sie hinter Wien passiert hatten, kaum unterschieden, weil sie nun mal gut gelaunt war, malerisch.

Das Land war flach, eigentlich reizlos, Maisfelder zogen sich bis zum Horizont, gelegentlich aufgelockert von gelben Rechtecken, wenn statt Mais Sonnenblumen gepflanzt waren.

Sie hatten auf ein Inserat in der Zeitung hin ein kleines Haus am Plattensee gemietet. Drei Zimmer, Küche, Bad. Bezahlt hatten sie auch schon, weil dem Vermieter, der einen Cousin zum Vermitteln und Kassieren in Deutschland sitzen hatte, deutsches Geld lieber war. Balatonszabadisóstó hieß der Ort. Die Sonne brannte, die Feldwege längs der Straße staubten, wenn ein Fuhrwerk darüberfuhr, die Maisfelder wiegten sich im Wind, und so fuhren sie, ahnungslos und voller Vorfreude, dem Balaton entgegen.

Später hätte Sally nicht mehr genau sagen können, wann dieses bedrückende Gefühl sie das erstemal überfallen hatte. Als sie in die Straße einbogen und das kleine Haus sahen, das wie die Hälfte einer Doppelgarage aussah? Oder als sie, nachdem sie sich mehrmals vergewissert hatten, daß es auch wirklich die ihnen angegebene Straße und Hausnummer war, hineingingen und die Vermieter darin vorfanden? Sie waren freundlich, boten ihnen Wein an, gingen aber einfach nicht.

Überall lagen ihre Sachen, auf dem Tisch, auf den Stühlen, auf der Couch. Als Sally anfing auszupacken und einzuräumen versuchte, fand sie in dem altersschwachen Kühlschrank Wurst und angetrockneten Käse, in den mit Tüchern verhängten Verschlägen, die für Kleider und Wäsche gedacht waren, einen Mantel und ein paar Kittel. Sie ließ alles, wie es war, und setzte sich ergeben auf einen Stuhl. Inzwischen versuchte Philipp sich mit dem Ungarn zu verständigen.

»Er will kaufen«, sagte er schließlich, zu Sally gewandt, »Seife und Waschmittel und solche Sachen.«

»Nein«, sagte Sally. Sie sahen sich an. Das war wie in einem schlechten Traum, dieser kleine Wohnraum, in den alles hineingezwängt war, die Couch, Tisch und Stühle, der Kühlschrank, ein Wasserstein, eine Kochplatte mit der Propangasflasche daneben. Und dazu, in den Raum hineingebaut, mit Holz verschalt wie ein Kaninchenstall, das Bad. Es enthielt ein Klo, fast darüber die Dusche, und bequem daneben, falls man sich, während man auf dem Klo saß, gleich die Zähne putzen wollte, auch schon das Waschbecken.

Aber das schlimmste war, daß jeder freie Fleck im

Wohnraum mit Nippes vollgestellt und behängt war. Die Wände waren mit einer Farbe gestrichen, die Goldpuder enthielt, nicht haltbar, wie Sally nach einer Fingerprobe feststellte, aber dafür unbeschreiblich scheußlich.

»Das halt ich nicht aus«, sagte sie leise.

An der Rückwand gab es zwei Türen, die die Frau des Ungarn stolz öffnete. Zwei Zellen zeigten sich, nahezu ausgefüllt von den Betten, die darin standen. Die Fenster waren winzige, nur eine Handbreit nach innen zu klappende, mit Fliegengittern versehene Luftlöcher.

Allmählich merkten die Ungarn, daß ihre Gäste nicht so begeistert waren, wie sie es ihrer Ansicht nach sein sollten. Erst später sah Sally, daß es noch viel erbärmlichere Hütten am Plattensee gab, und sie begriff, daß die Leute hier stolz auf ihre Datschas waren und alles hineinsteckten, was ihnen schön erschien. Wie paradiesisch erschien ihr nun in der Erinnerung das Studio in Korsika mit seinem gefliesten Boden und den weißgekalkten Wänden, denkbar einfach mit groben Holzmöbeln eingerichtet, aber trotzdem das genaue Gegenteil von diesem . . . diesem Schloß für Gartenzwerge. Sie warteten, bis der Ungar und seine Frau ihre Sachen zusammengeklaubt hatten und in einem klapprigen Wartburg angefahren waren, erst dann begannen sie alles genau zu untersuchen.

»Drei Zimmer, Küche, Bad, o Gott«, stöhnte Philipp, »das ist die größte Lüge, die mir je untergekommen ist.«

»Und wir haben alles bezahlt. Für drei Wochen.«

»Nichts zu ändern. Weißt du was? Wir packen aus, überziehen die Betten und fahren nach Siófok essen.«

Das Bettzeug fühlte sich feucht und nach zusammengeklumptem Kapok an, und Sally schleppte es erst einmal auf den kleinen Vorplatz hinaus, um es zu lüften. Aus der anderen Hälfte der Doppelgarage kam eine hochgewachsene junge Frau im Bikini.

»Guten Tag«, sagte Sally.

»Guten Tag«, erwiderte die andere. Sie begann nasse Handtücher auszuwringen und über eine Leine zu hängen. Sally hustete und ging wieder hinein. Wenn jemand Gespräche anzuknüpfen hatte, dann Philipp – ihr lag das nicht.

Rosa hatte eine der Zellen in Beschlag genommen und den Inhalt ihres Koffers aufs Bett geleert. Sie wühlte zwischen ihren Kassetten herum und steckte, nachdem sie endlich die gesuchte gefunden hatte, den Stecker in die Dose. »Yesterday . . .« sangen die Beatles, wehmütig, aber viel zu laut.

»Stell leiser!« rief Sally, aber da knallte Rosa schon die Tür zu und drehte von innen den Schlüssel.

Sie ließen den Hund zurück, da in ihrem Informationsheft über Ungarn gestanden hatte, daß Hunde nur mit Maulkorb ins Restaurant durften. Die Straße führte ein Stück den See entlang, und der See, das war unbestreitbar, war wirklich schön. Das Wasser hatte eine leicht grünliche Färbung, ein milchiges Grün, das es kalt und frisch aussehen ließ und Sally an Gletscherwasser erinnerte. Überall standen in eingezäunten Parzellen kleine oder größere Häuschen, aber Häuschen waren es, auch wenn manche von ihnen Säulen wie griechische Tempel oder Aufbauten wie ein Rokokoschloß hatten. Und von überall her kam Musik. Immer der gleiche schmelzende Sound, rhythmisch, weich. Und Menschen, Menschen, Menschen. Die meisten im Badeanzug, manche in Trainingshosen, die wenigsten in Kleidern.

Zwischen Uferstreifen und Bahnlinie führte sie die Straße direkt in das neue Siófok, das sich mit ein paar Hochhäusern und Verkehrsampeln großstädtisch gab, auf sie aber abweisend und schmutzig wirkte. Erst später entdeckten sie das alte Siófok, mit Villen, die jetzt fast alle in Erholungsheime umgewandelt waren. Sie standen in großen Gärten längs baumbestandener Alleen, die mehrmals am Tag mit Wasser abgespritzt wurden.

Aber an diesem ihrem ersten Abend irrten sie in der Neustadt herum und fanden kein einziges Restaurant. Erst als sie wieder auf dem Rückweg zum Auto waren, das sie am Bahnhof geparkt hatten, erspähten sie durch eine Hofeinfahrt ein Gartenrestaurant. Es erstreckte sich unter dem gefilterten Licht einer riesigen Zeltplane weit nach hinten bis zu einem Podium, auf dem ein paar Musiker wieder diese weiche softige Musik spielten; ein paar Leute tanzten. Es gab keine Speisekarte, aber der Kellner erklärte ihnen irgend etwas auf ungarisch, und Sally nickte, ihr war alles recht, nur Wein wollte sie trinken, roten Wein.

Rosa aß nichts, Rosa trank nichts. Sie hatte nicht mitgehen wollen, man hatte sie gezwungen, man würde sehen, wozu das führte. Als der Kellner mit drei Tellern kam, siehe da, sprach er plötzlich deutsch.

»Ist sie immer so böse?« fragte er mit einem Blick auf Rosa und lächelte.

»Immer«, sagte Sally und probierte das scharfgewürzte Fleisch, das mit angebackenen Kartoffelscheiben und gedünstetem Paprika untermischt, gar nicht schlecht schmeckte.

»Grauenhafter Fraß«, sagte Rosa, »eine richtige Pampe ist das. Und das wollt ihr drei Wochen essen?«

Sally wandte sich an Philipp: »Ich tu einfach so, als wäre sie nicht normal. Dann erwarte ich auch nichts von ihr. Kein Verständnis, keine Rücksichtnahme, keinerlei Hilfe.«

»Hör auf mit dem Quatsch«, sagte Philipp, »Rosa ist so normal wie du und ich.«

»Und ich«, meinte Sarah, deren Freude am Essen

leicht gedämpft war. Die Hoffnung, irgendwo in diesem Land Spaghetti mit Tomatensauce zu bekommen, hatte sie sowieso aufgegeben.

»Sie ist nicht normal«, sagte Sally. »Sie ist wie eine Krankheit. Sie macht einem alles kaputt. Nur weil sie will. Sie ist schlampig und faul, und es ist ihr egal, daß das unsere drei schönsten Wochen im Jahr werden sollten.«

»Schönste Wochen, in dem Loch«, sagte Rosa. Sie war verletzt, ließ es sich aber nicht anmerken.

Sally kämpfte mit den Tränen. Sie hatte sich den ersten Abend in Ungarn so ganz anders vorgestellt. Irgendwie mit wilden Blumen, Gänsen, Ziehbrunnen und Gulasch. Aber der Wein war gut. Sie drehte sich zum Podium und sah den Tänzern zu. Auch die Musik gefiel ihr. Natürlich klang sie ganz anders als Rosas Beatles oder das, was sie zu Hause hörte, aber sie war nicht kitschig, nicht geschmacklos, und sie paßte zu der warmen Luft, die sie weiterzutragen schien – trotzdem hatte sie das Gefühl zu ersticken. Irgend etwas schnürte ihr die Kehle zu, und sie wünschte, sie wären daheim geblieben.

Philipp zahlte mit Forint, die er kurz hinter der Grenze eingetauscht hatte, und es stellte sich heraus, daß das Essen, wie man ihnen gesagt hatte, tatsächlich sehr preiswert war.

»Aber um ehrlich zu sein«, meinte Sally, »ist es auch nicht mehr wert.«

In der darauffolgenden Nacht stellte Sally fest, daß ihr zwei Möglichkeiten des Nichtschlafenkönnens offenstanden. Entweder ließ sie die Tür zum Hauptraum offen, wo Philipp auf der Couch schlief und so schnarchte, wie er immer schnarchte – der Grund, weshalb sie schon seit Jahren getrennte Schlafzimmer hatten –, oder sie schloß die Tür und starb mit Sarah einen langsamen und qualvollen Erstickungstod. Eine freundliche Zugabe waren die Schnaken, die aus den Schilfstreifen am Seeufer zu kommen schienen und deren Sirren Sally als hundertmal schlimmer empfand als den Stich.

Schwiegen die Schnaken und schwieg Philipp, nachdem sie ihn von ihrer Kammer aus angezischt hatte, machte sich jedesmal, kurz bevor sie einschlafen wollte, der altersschwache Kühlschrank laut und dröhnend vernehmbar.

Am Morgen stand sie als erste auf, erschöpft und wie gerädert, und suchte das Bad auf, das ihr mit seiner klebrigen Enge den Rest gab. Sie ging zu Philipp, betrachtete den Schlafenden einen Moment neiderfüllt und böse und rüttelte ihn dann an der Schulter.

»Wach auf!« sagte sie, »Philipp, wach auf!«

Er setzte sich mit einem Ruck hoch und blinzelte erschrocken.

»Was ist?«

»Wir müssen eine andere Wohnung suchen, ich kann hier nicht schlafen.«

»Bist du sicher?«

»Ganz sicher.«

»Du weißt, daß das Geld für diese Wohnung dann verloren ist?«

»Ja.«

»Das heißt, wir können höchstens vierzehn Tage bleiben und müssen noch verdammt sparen.«

»Ja.«

»Schrei doch nicht so!«

»Ich schrei ja gar nicht. Ich hab nur die ganze Nacht kein Auge zugemacht. Das ist alles.«

»Also gut.« Er setzte die Beine auf den Boden und kratzte sich am Kopf. »Heute morgen gehn wir zum See schwimmen, das sind wir den Kindern schuldig. Und am Nachmittag suchen wir was Neues. Abgemacht?«

»Ja.«

Er zog sich an, um etwas fürs Frühstück zu kaufen, während sie mit dem Hund draußen auf der staubigen Straße ein Stück in die entgegengesetzte Richtung ging. Endlos zogen sich die Parzellen hin, ähnlich Schrebergartenkolonien, und fast alle waren auch so kleinlich liebevoll zurechtgemacht, runde Beete und rautenförmige Beete und verschiedenfarbig gestrichene Zäune und fantastisch geschmiedete Gartentore mit aufgehenden Sonnen für Grundstücke in der Größe eines Bettuchs.

›Es ist nicht die Armut dieser Leute, die mich stört‹, dachte Sally, ›es ist diese Unzufriedenheit, die hinter allem steckt.‹ Sie machte kehrt und traf vor dem Haus auf Philipp, der sich, ein paar Tüten unterm Arm, angeregt mit ihren Nachbarn unterhielt. Sie grüßte und ging hinein, löste den Hund von der Leine und gab ihm frisches Wasser.

»Nette Leute«, sagte Philipp im Hereinkommen. »Sie sind aus Wuppertal und treffen sich hier mit ihren Verwandten aus der DDR. Das machen viele, haben sie mir gesagt. Kommst du mit dem Feuer zurecht?«

»Ja, schon.«

Sie goß Kaffee auf und suchte in dem Hängeschrank über dem Spülstein nach Tellern und Tassen.

»Sie wohnen zusammen nebenan«, sagte Philipp, »vier Erwachsene und drei Kinder.«

»Das geht doch gar nicht.«

»Und ob das geht. Die Kinder schlafen auf Luftmatratzen.«

Er packte die Tüten aus. »Maisbrötchen«, erklärte er, »und Mohngebäck. Für beides mußte ich Schlange stehen. Die Verkäufer haben die Ruhe weg. Packen aus und räumen ein, und die Schlange wird immer länger. Aber keiner sagt was.« Er biß in ein Brötchen und dachte nach. »Tatsächlich. Das fällt mir erst jetzt so richtig auf.«

»Was?«

»Daß keiner meckert oder sich vordrängt. Stell dir das mal bei uns vor.«

Sie öffnete das Marmeladenglas, das sie von zu Hause mitgebracht hatten, und stellte es zu den Brötchen auf den Tisch.

»Karten für den Strand hab ich auch schon«, sagte er. »Alles wirklich sehr preiswert. Umgerechnet fünfzig Pfennig für einen. Wo gibt's das noch.«

»In Ungarn«, sagte sie. »So was gibt's nur in Ungarn.«

Er hörte auf zu kauen und blickte sie mißbilligend an. »Darf ich dich erinnern«, sagte er, »daß *du* die Annonce in der Zeitung gefunden hast.«

Der Kaffeegeruch hatte auch die Kinder herbeigelockt. Sarahs Gesicht war gesprenkelt von Schnakenbissen. Rosa, blaß und hochmütig, griff sich ein Gebäckstück und verschwand wieder. Die Tür wurde von innen versperrt, und die Beatles legten los.

»Gehst du nicht mit ans Wasser?« rief Philipp.

»Sie kann dich nicht hören«, sagte Sally, »die Musik ist zu laut.«

Nach dem Frühstück räumten sie den Tisch ab, schlüpften in ihre Badeanzüge und gingen zum See. Wie weiß ihre Haut noch war. Sally hängte sich die Decke um, und Philipp hielt sich die Badetasche vor den Bauch. Das waren nur die ersten Tage. Bald würden sie auch Farbe bekommen. Dicht an dicht lagen auf der zertretenen Wiese am Seeufer Luftmatratzen und Decken. Sie balancierten die schmalen frei gebliebenen Kanten entlang bis zu einem Platz nahe am Ufer, der ziemlich steinig und aus diesem Grund wahrscheinlich auch frei geblieben war.

Philipp und Sarah gingen gleich ins Wasser. Sally kauerte mit angezogenen Beinen auf der Decke und sah sich um. Auch ihr fiel sofort auf, was Philipp schon bemerkt hatte. Obwohl es von Menschen wimmelte, herrschte Disziplin. Kein Kindergebrüll, keine plärrenden Radios, wo etwas verkauft wurde, lange Schlangen, die geduldig vorrückten. Auch die Leute im Wasser wirkten zurückhaltend – niemand tobte herum, kreischte, spritzte die anderen naß. Der See war so seicht, daß die Badenden bis weit hinaus standen, und da standen sie nun und bewegten die Hände im Wasser, oder gingen langsam hin und her oder warfen sich Bälle zu.

In Sallys Nähe gab es einen Stand, an dem gebackene Fische verkauft wurden, woanders bot ein alter Mann aus einem Korb Schmalzgebäck an. Weiter weg unter Bäumen stand ein Kiosk mit Büchern. Das interessierte Sally. Sie stand auf, nahm den Geldbeutel aus der Tasche und schlängelte sich zwischen den Liegenden durch. Es war fast nur Weltliteratur, was da auslag, in nicht sehr gutem Druck, schlecht gebunden, dafür waren die Bücher spottbillig. Sie kaufte den *Radetzkymarsch* von Roth, den sie noch nicht kannte, und machte einen Umweg, um zu sehen, was es hinter den Bäumen noch alles gab. Sie entdeckte zwei weitere Stände, beide von langen Schlangen belagert. An dem einen gab es eingelegte Gurken und Paprika, die aus Riesengläsern gefischt wurden, dazu eine Art Blutwurst, auf dem Herd erhitzt, die von Fett tropfte.

Den zweiten Stand verließen die Käufer mit kleinen scharfgebratenen Fleischklößchen, zu denen es Maisbrot gab. Sally stellte sich erst an dem einen, dann am anderen an. Beladen mit dem ganzen Angebot, das man ihr nicht eingepackt, sondern einfach übereinander auf dicke Papierbögen gelegt hatte, kehrte sie zu ihrem Platz zurück. Philipp und Sarah waren wieder da und stürzten sich mit Begeisterung auf das Essen. Die Wurst, erst einmal angebissen, war im Innern mit Fettflocken angefüllt wie mit weißen Maden, schmeckte aber mit Gurke und Paprika ganz gut, und auch die scharfgewürzten Klöße gingen mit dem eher faden Maisbrot gut zusammen.

»Also verhungern werden wir nicht«, meinte Philipp, »aber komisch schmeckt es schon.«

Sie spülten die Reste ihrer Mahlzeit mit dem dünnen ungarischen Bier hinunter und überlegten, was sie Rosa zum Essen mitbringen sollten.

»Gebackenen Fisch«, schlug Philipp vor, »und Palatschinken, die gibt's draußen vor dem Eingang, wo ich auch unser Frühstück gekauft habe.«

Der Fisch, paniert und dunkel gebacken, roch gut, die Palatschinken aber sahen aus wie abgezogene Menschenhaut. Sally schüttelte sich.

Rosa wollte auch am Nachmittag nicht mit.

»Wir suchen eine neue Wohnung«, erklärte Sally, »du sollst schließlich mitentscheiden. Sonst meckerst du doch nur wieder.«

»Mitentscheiden, daß ich nicht lache«, sagte Rosa, »als ob hier jemand anders was zu sagen hätte, außer dir.« Sie drehte sich im Bett auf die andere Seite und stieß mit dem Fuß die Tür zu.

Es gab mehr als genug Gartenzäune, Tore und Häuser, an denen das Schild SZOBA KIADÓ hing, aber wo sie auch fragten, sie hatten kein Glück. Zimmer zu vermieten bedeutete, daß meistens auch nur ein Zimmer zu haben war, und sie brauchten drei. Schließlich fanden sie in einem großen, mit Föhren bestandenen Garten eine alte Frau, die ihnen mit ausgestreckten Fingern drei Zimmer verhieß. Aber irgend etwas schien an der Sache trotzdem nicht zu stimmen – entweder waren die Zimmer noch nicht frei, oder sie traute ihnen nicht, weil sie soviel Platz brauchten, denn es schien hier in der Gegend die Regel zu sein, daß man in einem Raum mindestens zwei bis drei Personen unterbrachte. Die Alte sprach nur ungarisch, das Wörterbuch nützte auch nichts. Sie gab zwar vor, ihre Brille nicht da zu haben, legte Daumen und Zeigefinger kreisrund um die Augen und schüttelte dabei den Kopf, es schien aber viel wahrscheinlicher, daß sie nicht lesen konnte. Nach langem Palaver holte sie aus einem der Zelte, die in ihrem Garten aufgeschlagen waren, einen jungen Mann, einen Major, wie sie betonte, der aus der DDR kam und sich mit ihr einigermaßen verständigen konnte. Er war alles andere als freundlich, als er begriffen hatte, woher sie kamen, streifte ihren Wagen, den sie vor der Gartentür geparkt hatten, mit einem bösen Blick, gab aber dann doch Auskunft. Ein Zimmer und eine kleine verglaste Veranda, in die sich ein Bett stellen ließ, seien verfügbar. Das dritte Zimmer würde übermorgen frei. Die alte Frau wolle fünfzig deutsche Mark als Anzahlung.

Sie sahen sich das freie Zimmer und die Veranda an. Die Möbel waren einfach, die Böden sauber, die Bettwäsche blütenweiß.

»Wir nehmen es, ja?« fragte Sally. Philipp blickte sich um.

»Keine Küche«, sagte er, »und wo ist das Bad?«

Die alte Frau öffnete eine Tür. Das Bad enthielt eine Wanne, ein Waschbecken, das Klo – immerhin war es ein Raum, in dem man Luft bekam.

Heißes Wasser für Kaffee könne man bei der Alten bekommen, erklärte der Major, und wozu kochen, wenn es überall am See Maiskolben, Fisch, Wurst und was sonst noch zu kaufen gab. Man hörte seiner Stimme die Verachtung für die anspruchsvollen Wohlstandsbürger an.

Sally seufzte. »Gut?«

Gut. Philipp zahlte die fünfzig Mark an, die blitzschnell in einer geheimen Tasche unter der Schürze der alten Frau verschwanden. Sie lachte, zum erstenmal lachte sie und zeigte einen Gaumen ohne Zähne.

»Irgendwie hab ich das Gefühl«, sagte Philipp, als er das Auto aufschloß und den heftig wedelnden Hund zurückdrängte, »daß wir auch gleich in den Balkan hätten fahren können.«

Bevor er startete, drehte er sich noch einmal um. Aus den Zelten waren noch mehr junge Männer gekommen, die mit in die Hüften gestützten Armen unter den Bäumen standen und zu ihnen herübersahen.

»Sie mögen uns nicht«, sagte Sally.

»Das ist mir egal«, meinte Philipp und legte den Gang ein, »ich befürchte nur eines.«

»Und das wäre?«

»Sie benutzen alle das gleiche Bad.«

»Du meinst . . .«

»Ich meine.«

Sally schwieg lange. Schließlich fragte sie mit gepreßter Stimme: »Und die fünfzig Mark?«

»Können wir vergessen.«

Sie würden also in ihrer Garage bleiben. Sally war entschlossen, sich so mit Rotwein vollaufen zu lassen, daß nicht einmal das Schnarchen eines Nilpferdes sie wecken konnte. Sie fuhren Rosa abholen und beschlossen, da sie ja jetzt auf eine andere Wohnung verzichtet und dadurch viel Geld gespart hatten, in eines der großen Hotels essen zu gehen.

Es war schon fast etwas wie heimkommen, als sie in die staubige Straße einbogen, an der ihre Wohnung lag. Da es schon auf den Abend zuging, waren die meisten vom See zurück. Essensgeruch hing in der Luft, vor den Häusern lehnten die Luftmatratzen zum Trocknen. Auch ihre Nachbarn saßen auf der Terrasse und erwiderten freundlich Philipps und Sallys Gruß. Sie würden als letzte verstehen, daß Sally ihre Hälfte des Hauses als zu eng empfand und daß sie deshalb den ganzen Nachmittag auf Wohnungssuche gewesen waren; also gingen sie, um Fragen aus dem Weg zu gehen, schnell hinein, Rosa Bescheid zu geben.

»Zimmer haben wir keine gefunden«, erklärte Sally ihr. »Dafür gehn wir jetzt in ein Hotel essen, verstehst du? In eins von diesen großen Dingern, wo sie auf ausländische Gäste eingestellt sind.«

»Und morgen fahren wir nach Budapest«, rief Philipp über ihre Schulter.

»Morgen schon, warum?« fragte Sally.

»Damit wir Ungarn endlich lieben lernen. Wir fahren mit dem Zug und nehmen uns dort ein Taxi.«

Freunde hatten ihnen gesagt, daß Budapest ein Traum sei. Sally holte tief Luft. Wenn Rosa einigermaßen mitmachte, konnte es vielleicht doch noch schön werden.

Sie fuhren in das alte Siófok, in das sie auch schon am Nachmittag gekommen waren, und parkten in der Nähe eines der großen Hotels direkt am Wasser. Wieder war die Luft wie getränkt von dieser Musik, die nicht altmodisch und nicht modern war, zeitlos, verlockend, einen Reflex in den Beinen auslösend, so daß man glaubte, sich nur noch tanzend bewegen zu können. Sie durchquerten die Hotelhalle und betraten den riesigen Speisesaal mit den bereits gedeckten Tischen. Und dann stellte sich heraus, daß es nur ein Essen gab – das gleiche wie am Abend vorher –, da die meisten Gäste, die hier aßen, ja ins Hotel gehörten und alle das gleiche bekamen.

Philipp aß tapfer und vergnügt seinen Teller leer, Sarah stocherte unglücklich nach für ihren Geschmack eßbaren Einzelteilen, Rosa sättigte sich mit Maisbrot, und Sally trank Rotwein, aber anscheinend doch nicht genug, denn die Nacht unterschied sich von der vorangegangenen nur dadurch, daß sie immer wieder aufstand und auf die Terrasse hinausging, um dort verzweifelt hin- und herzulaufen. Barfuß, um niemanden zu stören, aber in steigender Wut, und sie verstand plötzlich den alten Mann, von dem sie in der Zeitung gelesen hatte, daß er seinen Zimmernachbarn im Altersheim mit einem Stuhlbein erschlagen hatte, weil er schnarchte. Es war nicht das Geräusch allein, das sie nervte, jeder Ton verkündete in geradezu aufreizender Weise, wie tief und ruhig Philipps Schlaf war.

Kein Wunder, daß ihr Budapest am nächsten Tag wirklich wie ein Traum erschien. Ein Traum aus grauen Steinen, an deren Fuß sie sich langsam fortbewegte, zu müde, um hochzusehen und Häuser und Paläste gebührend zu bewundern. Im Taxi fielen ihr die Augen zu, im Zug saß sie wie in Trance – halb vorgebeugt, die Hände zwischen den Knien, das Kinn auf der Brust. Philipp beobachtete sie voller Mitleid.

»Ab heute schlaf ich im Auto«, verkündete er.

»Das«, sagte Sally, »wäre wunderbar.«

Sie kamen spät zurück und trafen auf der Nebenterrasse wieder ihre Nachbarn an, die sich höflich erkundigten, wie sie den Tag verbracht hätten. Philipp, dankbar, mit jemandem reden zu können, der nicht so müde wie Sally, mürrisch wie Rosa, und unergiebig wie Sarah war, nahm die Einladung zu einem Schnaps an und setzte sich zu ihnen. Sally ging mit den Kindern ins Haus, wartete, bis sie im Bett lagen, machte sich für die Nacht fertig und packte Philipps Bettzeug zusammen, damit er sich im Auto einrichten konnte – aber er kam nicht. Die Tür nach außen stand offen, so daß sie jedes Wort hören konnte, und es war vor allem Philipp, den man hörte. Im Dunklen saß sie am Tisch und hörte zum hundertstenmal, was für die Nachbarn neu und deshalb vielleicht doch interessant war: Wie er einmal als Internatsschüler die ganze Nacht barfuß auf den kalten Fliesen im Waschraum gestanden habe, um krank zu werden und so der drohenden Lateinarbeit am nächsten Morgen zu entgehen, wie er, als das nichts genützt habe, ein Glas Tinte getrunken habe, wie . . .

Sie stand auf und ging im Morgenrock auf die Terrasse, um vernichtende Blicke in Philipps Richtung zu schicken. Einer der Nachbarn erhob sich, als er sie sah, und bat sie herüber. »Gnädige Frau«, sagte er, »liebe, gnädige Frau.«

Sie ging wieder zurück und knallte die Tür zu, daß das Haus in seinen Fugen krachte. Die Scheiben klirrten noch, als Philipp schon da war.

»Spinnst du«, zischte er. Die Anstrengung, nicht schreien zu dürfen, machte ihn noch wütender.

»Ich möchte wissen, wer spinnt«, sagte sie. »Du weißt genau, daß ich am Umfallen bin, aber das ist dir ja egal.«

»Ich wäre sowieso jeden Moment gekommen – und außerdem hättest du ins Bett gehen können.«

»Damit du mich dann wieder aufgeweckt hättest, wenn du deinen Kram holst. Es gibt nichts Schlimmeres, als kurz nach dem Einschlafen geweckt zu werden. Das vertreibt den Schlaf die ganze Nacht.«

»Ha«, machte er. »Weißt du, was die jetzt denken? Daß das liebe kleine Frauchen ein ganz scheußlicher Drachen ist und daß ich unterm Pantoffel stehe. Unterm Pantoffel, verstehst du!« Das Letzte brüllte er. Rosas gequältes Gesicht erschien in der Türspalte.

»Müßt ihr euch denn immer streiten«, sagte sie, »das ist ja furchtbar.«

Philipp raffte wortlos sein Bettzeug zusammen und ließ sie allein. Sally trommelte mit den Fäusten auf den Tisch. Wenn sie eine Chance gehabt hatte, diese Nacht zu schlafen, so war sie wieder dahin.

Der nächste Tag begann für sie mit einem Spießrutenlaufen. Vor dem Haus, wo sie in einem kleinen Plastikbottich eingeweichte Wäsche auswusch, hinter dem Haus, wo sie sie an die Leine hängte, fühlte sie die neugierigen und gleichzeitig abweisenden Blicke der Nachbarn auf sich gerichtet. Nur bei einem glaubte sie etwas wie Mitleid oder fast Rührung zu entdecken. Es war der etwas dickliche Mann, der der Wuppertaler Familie vorstand, aber auch er zeigte sofort den gebührenden Abscheu, wenn seine Frau in der Nähe war.

Und das sollte sie nun noch fast drei Wochen durchhalten. Sally fühlte, wie eiserne Bänder sich um ihren Kopf legten. Philipp war nicht da, er hatte sich gleich nach dem Frühstück mit Sarah auf den Weg zum See gemacht, Rosa schien noch zu schlafen, der Hund, wenn sie ihn an sich drückte, haarte wie verrückt und fiepte vor Unbehagen. Ihm machte die Hitze genug zu schaffen, auch ohne ihre Zärtlichkeiten. Das gab ihr den Rest.

Sie nahm etwas Geld mit und lief einfach los. Am nächsten Kiosk, an dem keine Schlange stand, kaufte sie Zigaretten und Streichhölzer, zündete aber keine an, sondern drückte nur das Päckchen zwischen ihren verschwitzten Fingern. Sie kam an der Badeanstalt vorbei, sah das bunte Gewimmel und roch den Garküchengeruch, der von den Ständen kam, aber es war, als hätte sich eine Wand zwischen sie und Bilder und Gerüche geschoben, sie nahm wahr, aber nicht auf.

Sie lief die Straße am See entlang, um endlich irgendwo eine einsame Stelle zu finden, aber es gab keine. Jeder Zentimeter war bebaut, besetzt, benutzt. Es gab nicht einmal ein Gebüsch, in das sie sich hätte verkriechen können.

Neben der Straße lief der Bahndamm, und als sie das Rattern eines näherkommenden Zuges hörte, stieg sie hoch. Nur noch ein großer Schritt, und alles wäre vorbei. Kalte Luft traf sie, als der Zug vorüberraste, mit zitternden Knien setzte sie sich auf die Böschung und holte eine der zerdrückten Zigaretten aus der Packung. Soweit war sie also schon gekommen. Und dabei, wenn sie ehrlich war, war es nicht Ungarn, das sie fertigmachte. Ungarn, das war ihr Problem mit Rosa, Ungarn, das war ihre Unfähigkeit sich anzupassen, Ungarn war allein sie.

Sie inhalierte tief und spürte, wie der Druck aus ihrem Kopf wich und diesem Schwindel Platz machte, der sie immer erfaßte, wenn sie rauchte. Ihre Hände wurden kalt, und sie rauchte noch eine und wieder eine, bis sie das Gefühl hatte, innen ganz leer zu sein. Ein mit Luft gefüllter Ballon aus Menschenhaut. Das erinnerte sie an die Palatschinken, und sie merkte zu ihrem Erstaunen, daß sie Hunger hatte. Sie hätte jetzt sogar eines von diesen blassen ekelhaften Dingern essen können. Auf dem Weg hierher war sie an einer Gartenwirtschaft vorbeigekommen. Sie zählte ihr Geld und ging zurück.

Man mußte sich selbst bedienen, und sie erstand einen mit Quark gefüllten Palatschinken und ein großes Glas Brandy. Im Schatten unter einem Baum kehrte ein Mann den glattgestampften Lehmboden, sie setzte sich in seine Nähe und sah ihm zu. Er trug einen geflickten Pullover, an dem die Ärmel abgeschnitten waren, statt eines Gürtels hatte er eine Schnur durch die Schlaufen seiner Hose gezogen.

Sie biß in den Palatschinken, und zu ihrem Erstaunen schmeckte er gut. Auch der Brandy war in Ordnung. Scharf und beißend füllte er die Mundhöhle und wärmte anschließend den Magen. Sie atmete tief aus und lehnte sich zurück. Die Sonne malte Staubkringel in die Luft, und der Mann begann zu pfeifen.

Ein tanzendes Gerippe

Alfred fühlte sich einsam in Wollmanns Haus. Rosa war mit ihren Eltern in Ungarn, Wong mit seinen Adoptiveltern irgendwo im Süden, und Rabbi und Sanna waren nach Amsterdam getrampt. Er wäre gern mit ihnen gegangen, aber er war sich nicht sicher, ob er nicht vielleicht schon im Fahndungsbuch stand und bei jeder Kontrolle geschnappt werden konnte. Zu Opa und Sabine kam er nur selten. Dabei hatte sich nach dem Jux, den Herberts Mutter sich mit den Feldjägern geleistet hatte, keiner mehr dort blicken lassen. Trotzdem, hier war er sicherer. Tagsüber schlief er, gegen Abend stand er auf und zog sich an, fuhr als Anhalter zum ›Ali Baba‹, das in einer ehemaligen Fabrik vor der Stadt untergebracht war, und half dort bis weit nach Mitternacht an der Theke mit, eine angenehme Arbeit, für die Zero ihm Essen und Trinken, soviel er wollte, und pro Abend noch einen Zehner gab.

Es kamen fast immer die gleichen. Alfred kannte die meisten vom Sehen, fand auch immer jemand, der ihn gegen Morgen mit zurück in die Stadt nahm.

Eines Abends saß jemand unter den Gästen, der Zero ganz nervös machte. Es war ein großer dürrer Mann, in einen altväterischen Bratenrock gekleidet, wie man ihn sonst nur noch bei ländlichen Beerdigungen sah.

»Vom Jugendamt ist er nicht«, meinte Zero. Er lehnte neben Alfred an der Theke und spielte mit seinen Ringen, von denen er an jeder Hand mehrere trug.

»Polizei?« fragte Alfred. »Vielleicht einer von den Drogenheinis?«

Zero sah ihn mitleidig an. »Die würden sich doch nie so auffällig . . . Jetzt guck dir das mal an!«

Ein Mädchen von einem Tisch, an dem schon die ganze Zeit über den seltsamen Gast gelacht worden war, hatte ihn an der Hand genommen, hochgezogen und auf die Tanzfläche gezerrt.

»Ein tanzendes Gerippe«, sagte Zero. »Tu mir den Gefallen, Alfred, und frag ihn, was er hier will. Was trinkt er eigentlich?«

»Cola mit Rum.«

Zero betrachtete den Tänzer voller Mißtrauen. Cola mit Rum. Sicher würde er gleich einen heißen Steptanz hinlegen. Aber dem war nicht so. Er drehte sich gravitätisch und unbeholfen, im abwechselnd roten und dann wieder grellweißen Licht, die Hände nach seiner Partnerin ausgestreckt, die, nachdem sie ihn einmal auf die Tanzfläche gelotst hatte, sich lieber solo die Glieder verrenkte. Als der Schwarze wieder am Tisch saß, schlängelte sich Alfred zu ihm durch.

»Ich hab noch«, meinte der und legte schützend die Hand über sein Glas.

»O.K.«, sagte Alfred und setzte sich neben ihn. »Wir zwingen hier niemanden zum Trinken. Was wollen Sie eigentlich?«

»Ich soll jeden Abend hierherkommen, bis ich Rolf sehe. Und wenn ich Rolf sehe, soll ich ihn mitnehmen.«

»Rolf?«

»Rolf Berger.«

»Rabbi . . .«, sagte Alfred erstaunt.

»Rolf. In seinem Zimmer in der Stadt ist er nicht.«

»Er ist in Amsterdam, nehme ich an.«

»Amsterdam«, sagte der Mann müde. »Das ist weit. Das ist zu weit. Sie kennen ihn?«

»Er ist mein Freund.«

Der andere dachte nach. Der Discjockey hatte eine neue Platte aufgelegt und so laut aufgedreht, daß eine Verständigung sowieso nicht mehr möglich war. Silberner Nebel waberte durch den Raum, von Lichtern durchzuckt. Auf einmal schien Alfred der Mann sehr gut hierher zu passen. Sah er nicht wie ein Totengräber aus auf einem nebligen Friedhof, der um Mitternacht beim hektischen Tanz der Geister auf einem Grabstein sitzend sein Cola mit Rum trank? Alfred lachte. Er hatte das Gefühl, ohne alles voll drauf zu sein. Der Fremde packte ihn am Arm.

»Dann kommen Sie mit«, sagte er.

Alfred las es mehr von seinen Lippen ab, als daß er es verstand. Er blickte sich suchend nach Zero um. Der lehnte immer noch an der Theke, die Hände jetzt ruhiger vor seinem dicken Bauch gefaltet. Er fing Alfreds Blick auf. Alfred deutete mit dem Zeigefinger erst auf sich, dann auf den Schwarzen, schließlich zur Tür. Zero nickte. Hauptsache, das Monstrum war weg.

Sie standen fast gleichzeitig auf und gingen hintereinander zur Tür. Bertram der Rausschmeißer grinste, als sie an ihm vorbeikamen.

»Darfst du auch mit Opas Auto fahren?« fragte er und zeigte auf eine uralte klapprige Limousine.

»Aber sicher«, sagte Alfred.

»Es wird mir ewig ein Rätsel bleiben, wie er die durch den TÜV gekriegt hat«, meinte Bertram.

»Hauptsache, sie fährt«, sagte Alfred. Er hatte seinen Parka drinnen vergessen und merkte, daß er eine Gänsehaut bekam.

Sie fuhren in Richtung Stadt, durch die Stadt durch, bis zur Peripherie, wo in einer einsamen Straße in großen Gärten ein paar alte Villen standen. Der Mann fuhr ungefähr so Auto, wie er tanzte. Erstaunt und fast erschrocken, daß das Ding sich unter seinen Händen bewegte und ihm gehorchte, faßte er den Lenker mit spitzen Fingern und hielt ein Tempo ein, daß ihn jeder Radfahrer hohnlachend überholt hätte, von Motorrädern und Autos ganz zu schweigen. Trotzdem war Alfred froh, als sie angekommen waren. Der Mann stieg aus, öffnete ein Gatter, stieg ein, fuhr ein Stück die Einfahrt hoch und stieg wieder aus, um das Gatter zu schließen. Alfred blieb sitzen und blickte an dem Haus hoch, das von Glyzinien oder Efeu berankt war, genau konnte er das im Dunkeln nicht erkennen. In einem Fenster brannte Licht. Erschrocken fuhr er zusammen, als an die Scheibe neben ihm geklopft wurde.

»Kommen Sie«, sagte der Mann.

Alfred folgte ihm ums Haus herum, vom Nachttau feuchte Zweige streiften sein Gesicht. Sie betraten durch eine Hintertür eine Küche, durchquerten sie, gelangten in einen Flur und stiegen eine Treppe hoch. Oben klopfte der Mann an eine Tür und bedeutete Alfred, ohne eine Antwort von innen abzuwarten, mit ihm einzutreten. Dies mußte der beleuchtete Raum sein, den er von unten gesehen hatte. Das Licht kam von einer mit einem Tuch überdeckten Lampe auf dem Nachttisch neben einem riesigen Bett, in dem, winzig und wie zusammengeschrumpft, eine alte Frau lag. Sie sah ihnen entgegen, schien aber nicht viel zu erkennen.

»Hast du ihn?« flüsterte sie.

»Nicht ihn«, sagte der Mann, »einen Freund, der

Ihnen sagen kann, wo Rolf ist. Mehr konnte ich nicht tun.«

Er schob Alfred zum Bett und nahm das Tuch von der Lampe.

Die alte Frau blinzelte und schloß dann die wimpernlosen Lider.

»Ich will Rolf«, sagte sie.

Alfred verfluchte in Gedanken Zero, der ihn in diese blöde Situation gebracht hatte. Er betrachtete die Batterie von Fläschchen und Pillendosen auf dem Nachttisch und dann wieder die alte Frau, die jetzt, mit geschlossenen Augen, die Nase spitz nach oben gerichtet, aussah, als sei sie schon tot. Er seufzte laut. Das schien sie wütend zu machen. Sie öffnete die Lider einen Spalt, hob die Hand, deutete damit auf die Bettkante.

»Setzen Sie sich«, sagte sie. »Alles ist euch zuviel. Ich werde sterben, aber auch das ist euch egal.«

»Rabbi weiß sicher nicht, daß Sie krank sind«, sagte Alfred, »sonst hätte er Sie besucht.«

Er setzte sich, nicht ohne Widerwillen, auf die Bettkante. Wer mochte sie sein. Zu alt, um Rabbis Mutter zu sein. Vielleicht die Großmutter?

Sie tastete nach seiner Hand, und als er die trockenen gekrümmten Vogelklauen an seinen Fingern spürte, schauderte ihn. Auch das bemerkte sie.

»Schütteln Sie sich nur«, sagte sie. »Auch Sie werden

alt werden, häßlich, vertrocknet. Oder Sie sterben rechtzeitig vorher. Es ist schrecklich, alt zu werden, abhängig zu sein. Ein Misthaufen, ein Stück Abfall, und trotzdem am Leben zu hängen, mit einer Gier . . .« Sie drehte den Kopf und sah zum Fenster. »Wenn es hell wird draußen, dann hab ich gewonnen, wieder für einen Tag gewonnen, dann grüßen wir uns, er und ich, und er geht seinen Geschäften nach, bis zum Abend. Dann stellt er sich wieder ein, leise und höflich, er quält mich nicht, keine Schmerzen . . . aber auch das ist nicht gut, Schmerzen würden es mir vielleicht leichter machen zu gehen. Wo ist Rolf?« Das letzte stieß sie abrupt hervor, den Kopf leicht angehoben, daß sich die Sehnen an ihrem mageren Hals spannten.

»In Amsterdam.«

»Ah, Hasch«, flüsterte sie. »Wenn nicht noch Schlimmeres. Und Sie«, ihre Finger krallten sich in seine Hand, »nehmen Sie auch was?«

»Ab und zu«, sagte er.

»Ab und zu, so fängt es an. Ich bin seine Tante, wissen Sie. Ich war für ihn verantwortlich. Immer hab ich ihm alles erlaubt, um ihn zu entschädigen für das, was ihm fehlte: Eltern, Geschwister. Und als ich ihm das erstemal etwas verbot, war es zu spät. Einfach zu spät. Da steht dann jemand, zu dem man immer JA gesagt hat, und der sagt NEIN, ungerührt, ohne zu schreien, aber NEIN. NEIN, ich komme heute nacht nicht nach Hause, NEIN, ich bleibe nicht auf der Schule, NEIN, ich gehe nicht zur Drogenberatung. Und eines Tages fällt auch das weg, und er kommt gar nicht mehr. Also habe ich versagt. Ich hab doch versagt.«

Sie zuckte mit den wimpernlosen Lidern, und Alfred, der Angst vor ihren Tränen hatte, begann stotternd eine Verteidigungsrede für Rabbi zu halten, die ihm aber nicht recht gelingen wollte.

Er sei doch jetzt sauber.

Sie schnaubte nur.

Und ein netter Kerl. Und überhaupt . . .

Was überhaupt?

Es sei ja doch alles Scheiße.

Jetzt war es heraus. Sie zuckte nicht einmal zusammen. Nur der Totengräber, der ihn hergebracht und den er inzwischen fast vergessen hatte, hustete irgendwo im Hintergrund des Zimmers und scharrte mit den Füßen.

Sie ließ seine Hand los und legte sich wieder zurück. »Vielleicht hast du sogar recht, mein Junge«, sagte sie unerwartet weich. »Du kannst jetzt gehen. Ich will mit ihm allein sein.«

Den schwarzen Mann konnte sie nicht gemeint haben, denn der stand schon an der Tür, als Alfred sich erhob, und ging mit ihm zusammen hinaus. Er schloß sie leise und lehnte einen Moment den Kopf dagegen. »Jetzt ist es soweit«, sagte er.

»Was?« fragte Alfred, bereute es aber gleich, als der andere ihn vorwurfsvoll anblickte, und stieg hinter ihm die Treppe hinunter.

»Ich fahr Sie nach Hause«, sagte der Mann unten. Es dämmerte, und als sie um das Haus herumgingen, begannen die Vögel ihr erstes zaghaftes Gezwitscher. Der Mann blickte zu dem Fenster hoch, dessen helleres Viereck sich kaum noch von der Umgebung abhob, und zitterte plötzlich.

»Ich muß mich einen Moment setzen.«

Vor dem Haus gab es eine verwitterte Freitreppe, die zu einem wohl schon lange nicht mehr benutzten Portal führte. Dorthin setzte er sich, zog ein großes Bauerntaschentuch aus der Tasche, faltete es umständlich auseinander und schneuzte sich. Alfred sah auf die eckigen Schultern, die unter dem Bratenrock zuckten, und fragte sich, woran das Taschentuch ihn erinnerte. Wollmann natürlich. Wollmann hatte einen ganzen Stapel von diesen großen sauberen Altmännertaschentüchern. Das brachte ihn auf eine Idee.

»Was wird aus Ihnen?« fragte er.

Der Totengräber hob die Schultern. »Ich muß in ein Altersheim«, sagte er.

»Hinterläßt sie Ihnen nichts? Das Haus ist doch was wert. Und Sie waren lange bei ihr, oder?«

»Das Haus ist verkauft. Schon seit Jahren. Sie hatte nur noch das Wohnrecht. Und von dem Geld, das sie dafür gekriegt hat, lebten wir. Ich hab ja was gespart. Aber wo soll ich sonst schon hin.«

»Ich weiß was«, sagte Alfred, »das wird Ihnen gefallen. Packen Sie Ihre Sachen und kommen Sie mit.«

»Jetzt gleich?«

»Na ja. Es ist vielleicht noch ein bißchen früh. Wie ich die beiden kenne, stehen sie erst so gegen zehn auf. Was wird mit ihr?« Er deutete mit dem Kinn zum Fenster.

»Der Arzt kommt jeden Tag. Er ist ein alter Freund.«

»Ich bin müde«, sagte Alfred. »Ich werd in dem schönen Auto ein bißchen schlafen. Sie wecken mich, wenn Sie fertig sind?«

»Ja.«

»Also gute Nacht. Oder besser guten Morgen. Mein Gott, ist mir kalt.«

»Auf dem Rücksitz liegt eine Decke«, sagte der andere zerstreut, »sie ist noch aus der Zeit, als ich sie sonntags immer aufs Land gefahren habe. Ich kannte sie seit sechzig Jahren. Oder noch länger. Wir sind aus demselben Dorf. Nur wohnte ich mit meinen Eltern in einem kleinen Haus hinter der Kirche und sie in einem großen weißen Haus in einem Garten. Ich war jünger als sie und arbeitete bei ihren Eltern als Gärtner. Später nahm sie mich mit. An den Sonntagen fuhren wir zum Picknick . . .« Er überließ sich wieder seinem Taschentuch, während Alfred dem Umfallen nahe ins Auto kroch, um, in die schwere wollene Decke gewickelt, nach Sekunden in einen tiefen traumlosen Schlaf zu fallen.

Alfred war es gewöhnt, überall zu schlafen, und so erwachte er auch erfrischt und gut erholt, als der Mann ihn behutsam weckte.

»Ich habe in der Küche einen Kaffee für Sie«, sagte er.

Alfred kroch aus dem Auto und dehnte die Arme. Es war ein herrlicher Morgen. Die Sonne schien und trocknete den Tau im Gras. Er pinkelte schnell in einen Rosenbusch, während der Mann in die Küche vorausging.

»War der Arzt schon da?« fragte Alfred. Die große altmodische Küche wirkte sauber und aufgeräumt. Auf dem Tisch stand eine Tasse Kaffee neben einem Teller mit Zwieback.

»Noch nicht«, sagte der Mann. »Ich war noch einmal bei ihr. Sie sieht gut aus.«

»Friedlich, nehme ich an«, sagte Alfred und tunkte einen Zwieback in die Tasse. Er begegnete dem Blick des Mannes und hielt ihm stand.

»Ja, friedlich«, entgegnete der Mann schließlich und senkte den Kopf.

Opa und Wollmann saßen auch gerade in der Küche, als sie kamen. Wollmann trug einen ausgebeulten Trainingsanzug, Opa war im Bademantel. Trotz Sabines Bemühungen herrschte in der Küche ein anheimelndes Durcheinander. Auf dem Tisch vor dem Sofa standen Bierflaschen neben Tassen, lag ausgebreitet die Zeitung, dazwischen war eine Spur von verschüttetem Kaffee. Der Kanarienvogel in seinem Käfig in der Fensternische trillerte wie verrückt. Der Fernseher lief, zeigte aber im Moment nur das Testbild. Der Mann hinter Alfred in der Tür überblickte die Situation mit einem Blick und seufzte.

»Er braucht eine Bleibe«, sagte Alfred und gab den Weg frei, damit sie ihn sich ansehen konnten.

Wollmann nahm seine Pfeife aus dem Mund und lächelte. Opa betrachtete die dünnen langen Beine in den schwarzen Hosen, den Wachstuchkoffer, den Bratenrock. Er kniff sich ins Ohr.

»Komm her, altes Gerippe«, sagte er, »ich hoffe, du spielst Skat.«

Der Badewannenwal

Herbert nahm seinen Urlaub jedes Jahr zur gleichen Zeit. Meistens blieb er zu Hause. Wie seine Mutter, wie Busses, als sie noch lebten, wie Wagenbeins und Illichs, die fanden, daß es nirgendwo schöner war. Nur Halil fuhr mit seiner ganzen Familie in die Türkei, um mit schrecklich kitschigen Andenken wiederzukommen.

Blieb Herbert aber zu Hause, hieß das noch lange nicht, daß er so weiterlebte wie sonst, außer daß er nicht zur Arbeit ging, natürlich. Er verwandelte sich jedes Jahr für drei Wochen in eine Figur aus einem seiner Bücher. Seine Mutter spielte mit, soweit es ging. Ihr machte das nichts aus, im Gegenteil, der Sommer, in dem er Kipling liebte und Mahbub Ali war, hatte sie auf viele neue Ideen für exotisch gewürzte Gerichte gebracht; in seiner Zeit als Oblomow hatte sie kaum Wäsche, weil er den ganzen Tag in einem alten Schlafrock auf der Couch lag; am liebsten aber war ihr die Dickenszeit gewesen, da war er Mr. Pickwick mit einem Sofakissen unter der Weste, und sie hatten fast jeden Tag etwas unternommen, Ausflüge und Picknicks, sogar Kahnfahrten auf dem Neckar. Daß sie dabei die Rolle irgendeiner unsympathischen Frau, die ihr weiter kein Begriff war, hatte übernehmen müssen, war ihr egal gewesen. Schließlich hatte das keine anderen Folgen für sie gehabt, als daß Herbert ab und zu die Hände über die Augen gelegt und ». . . ach Mrs. Bardell« geseufzt hatte.

So erwartete sie einigermaßen gespannt den ersten freien Morgen Herberts, an dem er als die Figur zum Frühstück erscheinen würde, die er dann drei Wochen blieb. Während sie zwei Weißbrotscheiben in den Toaster schob, überlegte sie, welches Buch sie in letzter Zeit in Herberts Zimmer hatte liegen sehen. Als sie ein Plätschern aus der Badewanne hörte, fiel es ihr ein. *Moby Dick*. Sie stellte Butter und Marmelade auf den Tisch und packte die fertigen Toastscheiben in ein Körbchen.

»Herbert«, rief sie, »das Frühstück ist fertig.«

Aus dem Bad kam keine Antwort, nur das Plätschern schien ihr lauter zu werden. Also ging sie ihn holen. Als sie die Badezimmertür öffnete, sah sie ihn splitternackt in der Wanne liegen, sogar die Brille hatte er abgenommen.

»Ich bin Moby Dick«, sagte er.

»Gut«, erwiderte sie sanft, »du bist Moby Dick. Aber wenn du nicht bald kommst, ist dein Kaffee kalt.«

»Ein paar Algen und etwas Tang wären mir lieber«,

er spielte mit den Zehen, tauchte und kam prustend wieder hoch, »aber das wird sich wohl nicht machen lassen. Bring ihn also her.«

»Den Kaffee?«

»Und mein Frühstück.« Er blinzelte sie aus rotumränderten Augen an. »Sonst stör mich bitte nicht mehr. Das ist hinderlich für die ... die ...«, er stotterte, »... Mutation.«

»Mutation«, murmelte sie vor sich hin, während sie in die Küche ging, seinen Wunsch zu erfüllen.

Diesmal fand sie Herberts Idee nicht die Spur lustig. Er blieb Tag und Nacht in der Badewanne und stieg nur heraus, wenn er aufs Klo mußte. Seine Haut begann aufzuquellen und einen kränklichen weißen Ton anzunehmen. Sie holte sich das Buch aus seinem Zimmer und las es an drei Nachmittagen durch.

»Du bist der erste Wal, der in eine Badewanne paßt«, erklärte sie nach beendigter Lektüre, als sie ihm das Abendessen brachte.

»Wie groß ist dann dein Kapitän Ahab? Soll ich dir eine von deinen Zinnfiguren bringen?«

Aber Herbert war für Scherze nicht zu haben.

»Laß mich«, sagte er, »laß mich doch. Wie sollst du das auch begreifen. Ich bin frei ... ich bin groß ... mir gehört das Meer. Nirgendwo stoß ich auf Grenzen.«

»Und ob du auf Grenzen stößt«, erklärte sie wild,

»du bist so auseinandergegangen, daß die Wanne bald zu eng für dich sein wird.«

Unglücklich ließ sie ihn allein, um bei den Brüdern Meier Rat zu holen. Meier zwei öffnete ihr und führte sie auf die Loggia, wo sich Meier eins, unsichtbar für seine Umwelt, in einem Liegestuhl sonnte. Taktvoll schlang er sich ein Handtuch um den Bauch und rückte ihr einen Korbstuhl zurecht. Sein Bruder brachte eine Erfrischung in Form eines riesigen Glaskruges, gefüllt mit geeistem Weißwein, in dem Melonenstückchen schwammen. Irma trank ihr Glas mit geschlossenen Augen in langen dankbaren Schlucken auf einmal leer und entließ dann einen tiefen Seufzer.

»Seit vierzehn Tagen«, sagte sie, »freß ich's in mich rein. Aber jetzt muß ich einfach mit jemandem reden.«

»Nur zu«, sagte Meier eins und füllte nach.

»Er spinnt«, sagte Irma anklagend und wies mit dem Zeigefinger nach oben. »Diesmal spinnt er wirklich. Er liegt Tag und Nacht in der Badewanne und denkt, er sei ein Fisch.«

»Ein Fisch?«

»Ein Wal. Ein weißer Wal.«

»Aha«, sagte Meier zwei und blickte seinen Bruder ratlos an.

»Er macht Tauchübungen«, fuhr Irma fort, »die letzte Woche wollte er nur noch Fisch und Grünzeug. Und gestern verlangte er einen Tintenfisch.«

»Wozu?«

»Um ihn zu essen«, jammerte sie.

»Die schmecken nicht schlecht«, meinte Meier eins, »paniert oder mit einer guten Sauce.«

»Er wollte ihn roh«, sagte Irma düster.

»Und hat er?«

»Er hat«, sagte sie und schüttelte sich.

»Dann werden wir ihn uns einmal ansehen«, erklärte Meier zwei entschieden. »Zieh dir was über, Bruder.«

Irma fischte die Melonenstückchen aus ihrem Glas, während Meier eins in die Wohnung ging, um sich fertigzumachen. Zu dritt, die schon leicht schwankende Irma zwischen sich, stiegen sie einen Stock höher. Die Wohnungstür war nur angelehnt, aus dem Badezimmer kam das Irma inzwischen nur zu gut vertraute Geplätscher. Sie übernahm die Führung und stieß die Tür zum Bad auf. Herbert blickte nicht einmal hoch, als sie zu dritt vor der Wanne standen. Er holte tief Luft, tauchte unter und blieb leise blubbernd, eine Ewigkeit, wie es ihnen schien, unter Wasser. Die Brüder betrachteten ihn nachdenklich. »Er ist dicker geworden«, sagte der eine.

»Kaum noch Hals«, der andere.

»Seine Augen sind ganz klein.«

»Und fast keine Ohren mehr.«

»Und die Füße. Siehst du die Füße?« Interessiert beugten sie sich vor.

Irma setzte sich auf den plüschbezogenen Schemel, der neben dem Waschbecken stand, und begann zu weinen.

»Nicht doch, nicht doch«, sagte Meier eins, »in acht Tagen ist sein Urlaub vorbei. Dann muß er wieder in die Fabrik. Dann ist er wieder genau wie früher.«

»Ich glaub's nicht. Ich glaub's einfach nicht«, sagte Irma, schüttelte den Kopf und schnaubte in ein Handtuch, das gerade da hing.

Sie sollte recht behalten. In der dritten Woche sprach Herbert nicht einmal mehr mit ihr. Wenn sie ihm das Essen brachte, tauchte er auf und sah sie aus seinen winzigen Augen an, als erkenne er sie nicht. Und dann, in der Nacht, bevor er wieder zur Arbeit mußte, hörte sie ihn schwerfällig aus der Wanne steigen und mit feuchtem Tapp, Tapp durch die Wohnung wandern. Erst tat ihr Herz einen Sprung, weil sie einen Augenblick die Hoffnung hatte, er würde in sein Bett gehen, aber dann hörte sie die Flurtür, und es wurde schwer wie Blei. Langsam schob sie sich aus dem Bett und suchte ihre Pantoffeln. Sie machte Licht im Treppenhaus und ging der nassen Spur hinterher bis zu Meiers Tür. Dort schellte sie – ein paarmal –, bis ihr geöffnet wurde. An den erschrockenen Brüdern vorbei ging sie ins Wohnzimmer und trat ans Fenster.

»Da!« sagte sie.

Unten ging Herbert über die schlüpfrige Wiese auf den Neckar zu. Aber eigentlich ging er nicht, er schob sich mehr, von einer Seite zur anderen schwankend, als wäre mit seinen Beinen etwas nicht in Ordnung. Als er im Nebel verschwunden war, legte Meier eins Irma tröstend einen Arm um die Schulter. »Er war schon immer zu Größerem bestimmt«, sagte er.

Und Meier zwei, die Augen weit aufgerissen, um sich Herberts letzte Spuren für immer einzuprägen, flüsterte: »Wenn er so sehr geübt hat ... so geübt ... dann schafft er es vielleicht bis zum Meer.«

Das Ende ist ein Anfang

Sie waren alle wieder da und saßen in Wollmanns Haus, Rosa und Wong, Sanna und Rabbi. Wong war noch dicker geworden, Sanna und Rabbi dagegen sahen zwei streunenden Hunden immer ähnlicher. Nur Rosa war unverändert. Kein bißchen braun von Ungarns Sonne, der sie sich genauso widersetzt hatte, wie den Annäherungsversuchen ihrer Mutter, saß sie auf Alfreds Bett. Alfred hockte neben ihr auf dem Boden, den Kopf an ihr Knie gelehnt, und kaute an einem Strohhalm, den er unter dem Bett gefunden hatte. In Gedanken weit weg, hörte er kaum, was sie erzählten. Mitten im August war der Sommer plötzlich vorbei gewesen. Fröstelnd hatte er schon morgens Wollmanns kaltes Haus verlassen und war durch die Stadt gestrichen, hatte auf die Ankunft seiner Freunde gewartet und war jetzt, wo er sie da hatte, doch nicht glücklicher. Rosa war ihm noch die liebste, er umspannte ihren Fußknöchel mit der Hand und zerrte mit den Zähnen, leise knurrend, am Stoff ihrer Jeans.

»Laß das«, kicherte Rosa.

Rabbi gefiel ihm am wenigsten. Er war unruhig,

wirkte aufgesetzt fröhlich, ganz im Gegensatz zu Sanna, die irgend etwas zu bedrücken schien. Und Wong war phlegmatisch, Wong fror, Wong wollte nach Hause, wo es warm war, wo der Fernseher lief, wo ein gutes Essen auf ihn wartete. Vielleicht hätten sie sich nicht trennen dürfen. Sie tranken Rotwein, den er aus dem ›Ali‹ mitgenommen hatte. Rabbi trank am meisten, und als er den Arm hob, um sich von Alfred die Flasche wieder geben zu lassen, sah Alfred die Einstiche. Er packte Rabbis Arm und drehte ihn ins Licht. Rabbi grinste.

»Na und«, sagte er, »ich bin wieder voll drauf. Was dagegen?«

Sanna, in ihre Ecke gedrückt, sah aus, als würde sie gleich losheulen. Wong kratzte sich unbehaglich am Kopf und stand auf.

»Ich geh jetzt, Leute«, sagte er, »sieht man sich morgen?«

Sieht man sich morgen. Alfred schüttelte den Kopf. »Laß deine Karte da«, sagte er, »wir werden's uns überlegen.«

Keiner lachte. Wong schob beleidigt hinaus und knallte die Tür zu.

»Langweiler seid ihr«, sagte Rosa. »Da hätte ich auch zu Hause bleiben können.«

»Das läßt sich ändern«, meinte Rabbi. Er kramte in seiner Tasche und holte ein in ein Tuch gewickeltes Päckchen heraus.

»Laß Rosa in Ruhe«, sagte Alfred leise.

Rabbi tat, als höre er nicht. »Ganz sauberer Stoff, Rosa«, sagte er. »Direkt aus Amsterdam. Und er kostet dich nichts, weil du es bist.« Jetzt hob er den Kopf und sah an Alfred vorbei zu Rosa hoch.

»Nein«, sagte Alfred.

»Warum nein«, Rosas Stimme quiekte ein bißchen. »Du hast's doch auch schon mal probiert. Und ich kann mir das gar nicht leisten, das weißt du ganz genau. Also mach ich auch nicht weiter. Kapiert?«

»Und ob ich kapiert habe«, sagte Alfred. »Er steckt so drin, daß er seine Freunde mit reinziehen muß ... Kinder.«

»Ich bin kein Kind«, kreischte Rosa.

Alfred griff nach dem Päckchen, aber Rabbi kam ihm zuvor und stopfte es unter sein Hemd. Sie stürzten sich aufeinander und rollten in einem wütenden Ringkampf über den Boden. Die Flasche kippte um und färbte ihre Kleider rot. Sanna ging nicht dazwischen. Sie hatte die Arme um die angezogenen Beine gelegt und ihr Gesicht darin versteckt. Rosa sprang vom Bett.

»Aufhören«, schrie sie, »hör auf, Alfred!« Sie beugte sich vor, um einen der beiden am Arm zu erwischen, und bekam dabei einen so heftigen Schlag auf die Nase, daß es knackte. Sie holte tief Luft und sperrte den Mund auf, dann trat sie mit voller Wucht Alfred und Rabbi mit den Füßen, wo immer sie sie erwischte. »Ich hasse euch«, schrie sie, »euch alle!« Sie griff sich ihren Stoffbeutel vom Bett, stopfte den herumliegenden Tabak, Papier und Streichhölzer hinein und rannte hinaus.

Gegen Morgen wachte Alfred auf dem Fußboden neben seinem Bett auf. Sein Kopf schmerzte, die Kleider klebten, Haare und Haut waren vom Rotwein verfärbt. Vielleicht war auch Blut dabei. Er stöhnte und erinnerte sich vage, daß Rabbi irgendwann mal von ihm abgelassen hatte und von Sanna hinausgeführt worden war. Ein Glück, daß keiner der Nachbarn die Polizei gerufen hatte. Trotzdem würde er nicht mehr hierbleiben. Bei Opa war er jetzt besser aufgehoben. Und sollten die Feldjäger wiederkommen, würde er diesmal eben mitgehen. Das müßte doch zu machen sein, daß er nach ein paar Wochen für dienstuntauglich erklärt wurde. Nachts Alpträume verbunden mit Schreien, ein paarmal ins Bett gepißt, dem einen oder anderen mal zärtlich den Hintern getätschelt, und sie würden ihn laufen lassen. Daß ihm das nicht gleich eingefallen war.

Er betrachtete sich in dem Spiegel über Wollmanns kleinem Waschbecken in der Küche. So wie er aussah, würde eine Katzenwäsche gar nichts nützen, und eine Badewanne hatte Wollmann nicht. Da fiel ihm das hinter dichtem Gebüsch versteckte Loch in der Umzäunung des städtischen Schwimmbads ein, das Kinder aus den nahegelegenen Sozialwohnungen in den

Zaun geschnitten hatten, um sich das Eintrittsgeld für Pommes frites und Ähnliches zu erhalten, und er machte sich vergnügt humpelnd auf den Weg dorthin. Die Straßen waren zum Glück noch ganz leer, einmal sah er einen Zeitungsausträger von weitem, aber der bog in eine Seitenstraße ein, bevor er in seiner Nähe war und Alfred ihn mit seinem Anblick erschrecken konnte.

Er schlüpfte durch das Loch und lief durch das taufeuchte Gras zu dem großen Becken, in dem das Wasser, sauber und klar, den Himmel widerspiegelte. Er betrachtete es nachdenklich und begann dann ringsherum an den Rabatten Rosenblätter abzureißen, weiße, rosa und rote Blätter, die er ins Wasser streute, bis die Sträucher kahl waren und die Wasseroberfläche fast zugedeckt war.

»Fabelhaft«, rief er, hielt sich die Nase zu und sprang in voller Montur hinein.

Das Wasser war eiskalt, er schnappte nach Luft, bekam Rosenblätter in den Mund und spuckte sie wieder aus. Seit langem hatte er sich nicht mehr so wohl gefühlt. Vielleicht, weil das mit Rosa noch mal gutgegangen war. Er lachte, drehte sich wie ein Kreisel im Wasser, schlug es mit den Händen, daß es weithin über die Wiese spritzte, und noch lange, nachdem er wieder herausgestiegen und fortgegangen war, schien sein wildes und verrücktes Gelächter wie Nebelfetzen unter den Bäumen zu hängen.

Fanny Morweiser im Diogenes Verlag

»Spannende Erzählungen sind dies ganz sicher. Sie sind bei allem Schrecken dahinter, unterhaltend – denn die subtilen Verbrechen der Fanny Morweiser spielen sich in aller Stille, in schönen Landschaften, in alten Häusern, gelegentlich bei lieben älteren Damen ab – und dies soviel gefährlicher als bei Agatha Christie!« *Hannoversche Allgemeine*

»Eine Nachfahrin des Edgar Allan Poe? Nein – viel mehr. Diese Autorin hat mehr Farben auf der Palette als Blut und Grauen, nämlich Satire, Ironie und tiefere Bedeutung.« *Welt am Sonntag, Hamburg*

Lalu lalula, arme kleine Ophelia
Eine unheimliche Liebesgeschichte

La vie en rose
Ein romantischer Roman

Indianer-Leo
und andere Geschichten aus dem Wilden Westdeutschland

Ein Sommer in Davids Haus
Roman

Die Kürbisdame
Eine Kleinstadt-Trilogie. Erzählungen

O Rosa
Ein melancholischer Roman

Ein Winter ohne Schnee
Roman

Voodoo-Emmi
Erzählungen

Das Medium
Roman

Patricia Highsmith im Diogenes Verlag

»Die Highsmithschen Helden, gewöhnt an die pflaumenweiche Perfidie und hämisch-sanfte Tücke des Mittelstandsbürgertums, trainiert aufs harmlose Lügen und Verstellen, begehen Morde so, als wollten sie mal wieder Ordnung in ihre unordentlich gewordene Wohnung bringen. Da gibt es keine moralischen Skrupel, die bremsend eingreifen, da herrscht nur die Logik des Faktischen. Meist sind es Paare, enttäuschte Liebhaber, Beziehungen, die in der Sprachlosigkeit gestrandet sind, sich nur noch mittels Mißverständnissen einigermaßen arrangieren, ehe das scheinbar funktionierende Getriebe einen irreparablen Defekt bekommt. Diese ganz normalen Konstellationen sind es, übertragbar auf alle Gesellschaften, die die Autoren und Filmer im deutschsprachigen Kulturraum so faszinieren. Denn Patricia Highsmith findet für ihre seelischen Offenbarungseide immer die schauerlichsten, alptraumhaftesten Rahmen, die ihren ›Beziehungskisten‹ den rechten Furor geben.
Die Highsmith-Thriller sind groteske, aber präzise Befunde unserer modernen bürgerlichen Gesellschaft, die an Seelenasthma leidet.«
Wolfram Knorr/Die Weltwoche, Zürich

Der talentierte Mr. Ripley
Roman. Aus dem Amerikanischen von Barbara Bortfeldt

Ripley Under Ground
Roman. Deutsch von Anne Uhde

Ripley's Game
oder Ein amerikanischer Freund
Roman. Deutsch von Anne Uhde

Der Junge, der Ripley folgte
Roman. Deutsch von Anne Uhde

Ripley Under Water
Roman. Deutsch von Otto Bayer

Venedig kann sehr kalt sein
Roman. Deutsch von Anne Uhde

Das Zittern des Fälschers
Roman. Deutsch von Anne Uhde

Lösegeld für einen Hund
Roman. Deutsch von Anne Uhde

Der Stümper
Roman. Deutsch von Barbara Bortfeldt

Zwei Fremde im Zug
Roman. Deutsch von Anne Uhde

Der Geschichtenerzähler
Roman. Deutsch von Anne Uhde

Der süße Wahn
Roman. Deutsch von Christian Spiel

Die zwei Gesichter des Januars
Roman. Deutsch von Anne Uhde

Kleine Geschichten für Weiberfeinde
Eine weibliche Typenlehre in siebzehn Beispielen. Deutsch von Walter E. Richartz. Zeichnungen von Roland Topor

Kleine Mordgeschichten für Tierfreunde
Deutsch von Anne Uhde

Der Schrei der Eule
Roman. Deutsch von Gisela Stege

Tiefe Wasser
Roman. Deutsch von Eva Gärtner und Anne Uhde

Die gläserne Zelle
Roman. Deutsch von Gisela Stege und Anne Uhde

Ediths Tagebuch
Roman. Deutsch von Anne Uhde

Der Schneckenforscher
Elf Geschichten. Deutsch von Anne Uhde. Mit einem Vorwort von Graham Greene

Leise, leise im Wind
Zwölf Geschichten
Deutsch von Anne Uhde

Ein Spiel für die Lebenden
Roman. Deutsch von Anne Uhde

Keiner von uns
Elf Geschichten
Deutsch von Anne Uhde

Leute, die an die Tür klopfen
Roman. Deutsch von Anne Uhde

Nixen auf dem Golfplatz
Erzählungen. Deutsch von Anne Uhde

Suspense
oder Wie man einen Thriller schreibt. Deutsch von Anne Uhde

Elsie's Lebenslust
Roman. Deutsch von Otto Bayer

Geschichten von natürlichen und unnatürlichen Katastrophen
Deutsch von Otto Bayer

Meistererzählungen
Deutsch von Anne Uhde, Walter E. Richartz und Wulf Teichmann

Carol
Roman einer ungewöhnlichen Liebe. Deutsch von Kyra Stromberg

Über Patricia Highsmith
Zeugnisse von Graham Greene bis Peter Handke. Mit Bibliographie, Filmographie und zahlreichen Fotos. Herausgegeben von Franz Cavigelli und Fritz Senn

Gespenster

Die besten Gespenstergeschichten aus England
Herausgegeben von Mary Hottinger

Diese Auswahl ist mit behutsamer Hand geschehen, das Handfest-Berichtende ist ebenso vertreten wie die lähmende Story oder die mit letzter literarischer Finesse erzählte Geschichte. Es sind 14 Erzählungen. Einige davon gehen lange mit einem um.
Richard Kirn/Frankfurter Neue Presse

Mehr Gespenster

Die besten Gespenstergeschichten aus England, Schottland und Irland
Herausgegeben von Mary Hottinger

Das Spektrum von Bloody Marys Auswahl ist breit: Abgesehen von traditionellen Totenbeschwörungen, Familienflüchen und plötzlich verschwindenden Herrenhäusern erfährt der Leser etwas über die Nöte eines Gespensts ohne Berufserfahrung, wird vor die Frage gestellt, ob auch tote Gegenstände als Gespenster wiederkommen können, und begegnet feigen Kriegshelden, grauenerregenden Seehunden und wahnsinnigen Priestern.

Noch mehr Gespenster

Die besten Gespenstergeschichten aus aller Welt
Herausgegeben von Dolly Dolittle

Ein unentbehrliches Buch für Romantiker, Geisterseher, Nekrophile und Nostalgiker, die wissen, daß die Zeit noch andere Begräbnismöglichkeiten als das Grab hat, sowie für aufgeklärte Zeitgenossen, die wieder etwas mehr daran glauben möchten.